AF345794

J'EN VEUX PLUS

Laetitia Laroche

J'EN VEUX PLUS

Collection **Romance de Noël**
Mademoiselle a trois ailes éditions

© 2023 Laetitia Laroche © 2023, Mademoiselle a trois ailes éditions

ISBN broché : 978-2-490113-45-3

eISBN : 978-2-490113-46-0

Dépôt légal : Décembre 2023

Chapitre 1

Tamara

En poussant la porte du bar de Betty, je me dis et me répétai que j'avais bien une vie de merde ! J'avais amené Savannah chez son père comme tous les vendredis soirs, pour sa semaine de garde.

Serrés les uns aux autres avec ma fille entre eux deux, Ian et Bella avaient semblé tout fiers de m'annoncer la venue prochaine de leur bébé.

— Savannah va avoir un petit frère ou une petite sœur ! avait claironné Bella avec un enthousiasme qui sonnait faux.

— Demi ! avais-je maugréé.

— Oui… Tu as raison : un demi-frère ou une demi-sœur.

Bella faisait des grimaces insupportables pour essayer de détendre l'atmosphère. Et je l'aurais volontiers baffée.

— Et nous avons toutes les raisons de croire qu'Anika et Matthias vont eux aussi avoir un enfant. Ils l'ont annoncé ce week-end à mes parents, spécifia Ian.

— C'est une blague ? demandai-je le visage défait.

Les deux infirmèrent dans un bel ensemble. C'était comique à voir. Mais j'avais tout sauf envie de rire.

Je récapitulais pour ceux qui n'avaient pas suivi l'affaire. J'avais été mariée puis divorcée avec Ian et ensuite fiancée avec Matthias, les célèbres frères Muller de Niederschwiller.

Le premier m'avait jetée soi-disant que je l'avais trompé, le deuxième m'avait abandonnée devant l'autel pour rejoindre sa légitime épouse, Anika Muller. Autant je pouvais détester Bella qui était un insupportable Premier Prix de Science, autant je ne parvenais pas à en vouloir à Anika. D'une part cette fille était mon idole, d'autre part elle ne m'avait rien fait personnellement.

Matthias avait contracté un mariage blanc avec elle alors qu'ils étaient étudiants. Elle était venue réclamer ce qui lui appartenait à savoir son mari, Matthias, mon fiancé de pacotille.

Nous n'étions pas amoureux, lui et moi. On s'était dit que ça pourrait combler nos solitudes respectives. En nous mariant, nous nous donnions un statut. Aux yeux du petit village alsacien que nous habitions, nous devenions des gens respectables. Nous en avions besoin, lui l'idiot du village, moi la dévergondée.

Cela aurait pu fonctionner ! Mais ce crétin était déjà marié. *Dumkopf*[1] ! Et pas à n'importe qui. À Anika Muller. Anika Muller, *dunderwadel*[2] ! L'influenceuse de mode la plus connue du web. Une vraie beauté, une femme d'affaires aguerrie. Elle avait sa propre ligne de vêtements, qu'elle dessinait elle-même.

J'admirais cette femme autant qu'elle me déprimait. Sa réussite éclatante me renvoyait à mes propres échecs. Alors que j'avais toujours été considérée comme la reine de beauté

---

[1] *Imbécile, en alsacien*

[2] *Bon sang*

de Niederschwiller, je n'avais rien fait de cela. J'étais esthéticienne, certes. Mais à trente ans je vivais toujours dans mon village natal, dans un appartement avec maman. Pathétique.

J'étais désespérément seule. Mes histoires d'amour se soldaient par des fiascos retentissants. Ian, le père de ma fille, était amoureux de Bella, depuis notre enfance. J'avais tout essayé pour le détourner d'elle. Sans blague ! Me faire évincer par une intello binoclarde et invisible, c'était du pur délire. J'avais bien failli réussir, jusqu'à ce qu'elle revienne ici, il y a deux ans. Enfin. Voilà. Ils étaient mariés et sur le point d'avoir leur premier enfant.

Une vie de merde, je vous dis, j'avais une vie de merde.

— Alors, Beauté ?! Tu cuves ?

Je levai les yeux au ciel en reconnaissant le timbre de voix gras et vulgaire de mon ancien camarade de classe. Je connaissais William depuis toujours et le moins qu'on puisse dire, c'est que c'était le lourdaud de service. Ah ! Comme tête à claques, il se posait là.

— Lâche-moi, je ne suis pas d'humeur.

— Qu'est-ce qui t'arrive encore ?

D'un signe de tête, il désigna un autre tabouret au gars qui l'accompagnait. Un instant distraite par le nouveau venu, je m'interrompais pour l'étudier. Très grand, longiligne, brun, le teint blafard et vitreux, je réprimai un rictus dédaigneux. C'était quoi ce puceau boutonneux ? Il semblait tout juste sorti de l'adolescence.

— Anton, mon cousin. Je te présente Tamara, la plus belle femme de Niederschwiller. Un cœur à prendre si tu veux mon avis.

Il décocha un clin d'œil appuyé en me désignant du pouce.

L'homme en question me glissa un regard ennuyé en froissant son nez de dégoût.

— Non, merci. Pas intéressé.

— Ah ! Ne fais pas attention à lui, Tam. Il a eu une dure journée…

Je faillis m'étrangler dans mon verre. Pour qui se prenait ce minet prépubère pour me dédaigner comme ça ! J'étais bel et bien la plus belle femme du secteur et j'entendais bien qu'on le reconnaisse.

— Ce n'est pas la peine de vous assoir à côté de moi, si c'est pour me manquer de respect !

— Rentre tes griffes, Tigresse ! On ne faisait que prendre de tes nouvelles, se défendit Will.

— Je vais très bien. Merci !

— Oh ! Allez ! Tu ne vas pas me la faire à moi. Dix contre un qu'il s'agit de Ian. Ou Matthias au choix.

— Des deux !

— Bingo ! Allez, accouche. Tu sais que tes frasques avec les Muller sont ma seule raison de vivre.

— Ferme-là.

Will éclata de rire en me poussant du coude.

— Je suis sûr que ça ne peut pas être pire que la journée de mon cousin.

— Elle a raison, Will, ferme-là.

Je sursautai en me tournant vers le cousin qui semblait concentré sur la mousse de sa bière. Sa voix était étonnement grave pour ce corps si mince. Quel âge pouvait-il bien avoir ? Son visage juvénile était taillé à la serpe, il émanait de lui un cocktail déroutant de force et de vulnérabilité.

— Tu ne le remets pas Tam ? Il est déjà venu faire les vendanges chez mon oncle. C'est le fils de ma tante Odile, mariée à un maraîcher dans le sud de la France.

Je l'observai plus en détail, mais il ne me disait rien. Gêné, il tourna la tête vers moi et je reçus un choc en fixant ses prunelles noires. Il me regardait d'un air farouche et suspicieux. On se connaissait ? Non, j'étais sûre que non. Car je n'aurais jamais oublié un regard pareil. Je demeurai figée quelques secondes prisonnière de son magnétisme. Je papillonnai des cils pour me forcer à rompre le contact. Je passai nerveusement ma main sur ma nuque et me raclai la gorge.

— Je ne le connais pas.

— Ah yo ! Ça ne m'étonne pas, il y a quatre ans, tu n'avais d'yeux que pour Ian. Pas étonnant que tu ne l'aies pas remarqué.

— Will ! S'il te plaît, boucle-là !

— Hé ? *Was*[3] ? Je n'ai rien dit ? Est-ce que j'ai dit que tu venais de faire la connaissance de l'enfant que tu as eue avec la fille des Chang que t'as baisée il y a quatre ans ?

Anton grogna une insulte en levant les yeux au ciel.

— Putain ! T'apprendras jamais à la fermer ! Fais une annonce dans le bar pendant que tu y es !

— Pas besoin de ça ! Tout le village est déjà au courant si tu veux mon avis !

Je glissai mon regard vers la salle et je vis que tous les yeux étaient braqués sur mon voisin de table. Trop tard ! Le secret était éventé. Je fixai mon attention sur lui et tentai de me figurer le couple qu'il avait pu former avec Chinh Chang la fille du restaurateur asiatique de Niederschwiller, le *Dragon royal*.

Je réprimai un fou rire, car Chinh était une fille assez petite, très fantasque et bourrée d'énergie. On disait d'elle qu'elle était hyperactive. Quand elle donnait un coup de main dans le restaurant de ses parents, la catastrophe était toujours au rendez-vous. Elle était tellement survoltée qu'elle faisait tomber la sauce sur les clients, les assiettes et les verres à terre dans un grand fracas.

---

[3] *Quoi ?*

J'avais appris qu'elle avait eu une petite fille, car nous nous croisions à l'école maternelle et primaire où nous venions chercher nos enfants. Lin n'avait pas de papa, mais nous avions supposé que c'était le choix de Chinh.

Le mystère était donc résolu. Le père de Lin était Anton, le cousin de Will. *Also*[4] ! Je le vis se rembrunir tandis que j'essayais de lui cacher mon sourire. OK. J'avouai. Sa journée n'était pas mal non plus dans le genre pourri.

— Il ne le savait pas ? demandai-je à Will.

— Non, *il* ne le savait pas, répondit Anton avec agacement.

— T'inquiètes Anton… c'n'est pas Tam qui te jugera, elle en a vu aussi de toutes les couleurs.

— Ouais, c'est ça !

— Il est vert parce que Chinh lui a appris sa paternité la semaine dernière. Il est venu dès que possible, mais la pilule est dure à avaler.

— Qu'est-ce qui s'est passé ?

— Chinh souffre d'un TDAH et sa grossesse a fait empirer son anxiété. Ses parents ont pris en charge Lin jusqu'ici, mais Monsieur Chang a un problème cardiaque. Chinh a décidé de faire un séjour en maison de repos pour travailler sur son trouble. Ses parents ont accepté de garder la petite pendant ce temps à la condition qu'elle me mette au courant. L'idée est que je les seconde afin de soulager Monsieur Chang du stress d'élever Lin.

— Je ne vois pas quel stress il y a à élever cette gamine. C'est un ange. Je n'ai jamais vu d'enfant aussi sage ! dis-je spontanément.

Anton leva enfin le nez qu'il avait gardé sur son verre tout le temps de son monologue. Ce que je vis dans ses prunelles me chamboula : de la peur, de l'amour, et de la fierté aussi. Je

---

[4] *Eh bien*

fuis son regard pour reprendre contenance. Lin était une enfant qui ne vivait que pour faire plaisir aux adultes qui l'entouraient. Du haut de ses trois ans, elle ne contestait jamais, ne criait jamais, ne faisait jamais le moindre caprice. Hallucinant. C'en était presque flippant.

Quand je pensais à ma Savannah si vivante qui ne pouvait jamais rester en place, toujours à poser des questions, à tenter des expériences, la petite Lin en comparaison me faisait de la peine.

Cette discussion me mettait mal à l'aise. J'étais venue ici pour noyer ma colère dans un verre de crémant, et pas pour m'apitoyer sur le sort de mon beau voisin de table.

Quoi ? J'ai dit « beau » ? N'importe quoi ? Il ne me plaît pas du tout. Trop… enfin… pas assez… bon, vous voyez quoi ?! Et puis je ne fais pas dans le social. J'ai déjà assez à faire avec mes propres problèmes.

Je me détournais de mes camarades de boisson pour évaluer les forces en présence. Je repérais un groupe de lycéennes dans le fond qui se dandinaient sur un air à la mode. Je décidai de les rejoindre. J'avais envie de m'amuser soudain, quitte à le faire avec des gamines. Oui, j'étais pathétique à danser avec des adolescentes alors que toutes les femmes de mon âge étaient pour la plupart casées en couple avec des enfants à pouponner.

Mais je n'étais plus à une provocation près, ma réputation était fichue depuis belle lurette à Niederschwiller, je n'avais plus rien à perdre.

Mine de rien, je passai un excellent moment. Mes soucis s'envolèrent en même temps que je chantais à tue-tête avec mes nouvelles copines. « Ratata », « Asta luego », « ptit petou ». Je ne comprenais rien au Rap, mais je rigolais bien.

Quand Betty commença à poser les chaises sur les tables, je compris que le signal du départ sonnait. Je saluai tout le monde à la cantonade, pris mon sac et mon manteau et déboulai sur le trottoir pour me rafraîchir. En ce mois de décembre, le froid piquant m'éclaircit aussitôt les idées. En soufflant une longue expiration fumante dans l'air gelé, je me fis la réflexion que Noël approchait et qu'une fois de plus, je le passerais seule. Cette année, Savannah fêterait le 25 avec son père, nous alternions une année sur deux.

— T'es pas un peu vieille pour te dandiner comme ça avec des minettes de dix-huit ans ?

Je sursautai en reconnaissant ce timbre grave. Je me tournai vers le malotru et le fusillai du regard. Une canette de bière à la main, il était adossé au mur caché dans l'ombre d'un renfoncement.

— Essuie un peu la morve que t'as au bout du nez et pars rejoindre tes copines de classe. Elles n'ont pas arrêté de me parler de toi de toute la soirée !

Aussi inattendu que cela puisse paraître Anton me décocha un sourire resplendissant qu'il essaya de me cacher en se détournant. Pour la deuxième fois de la soirée, je reçus un choc au cœur. Il avait des dents très blanches qui se reflétaient dans la lumière de la lune et deux fossettes très sexy. Merde ! J'avais bu, mais quand même je devais arrêter de déconner. Il. Ne. Me. Plaisait. Pas. Point.

— Je ne suis pas si jeune que ça.

— Je ne suis pas si vieille que ça.

Nous nous mesurâmes du regard, puis il me gratifia d'un autre de ses sourires imprévus qui me retournait la tête. Allait-il cesser de faire ça ?

— Je te raccompagne ?

— Non merci. J'habite à deux cents mètres.

Il haussa les épaules et m'emboîta le pas quand même.

— Will habite dans l'autre direction.

— Je sais.

— Ça t'arrive de faire ce que les gens te disent ?

— Oui, tous les jours. Je suis payé pour obéir aux ordres.

— Eh ben, on ne croirait pas.

Je maugréai pour la forme parce qu'au fond sa compagnie me plaisait. Argh ! Mais non ! J'avais dit que non !

— Qu'est-ce que tu vas faire pour la petite ? demandai-je pour combler le silence.

— Je vais rester dans le coin pour un temps du moins.

— Tu viens d'où ?

— Du Sud-Ouest, mon père est maraîcher pour les *Vergers basques*. Mais j'ai pas mal bougé depuis. J'ai fait mes classes en Bretagne. Et depuis je travaille dans les Hauts-de-France, après être passé par les Yvelines.

— Qu'est-ce-que tu fais ?

— Je suis maître-chien dans la gendarmerie.

Je me tournai d'un bloc vers lui.

— Mais t'as quel âge au juste ?

Il sourit en coin d'un air sibyllin.

— On est arrivés. Moi j'habite ici. Et je travaille ici.

— T'es coiffeuse ? demanda-t-il en examinant la devanture.

— Esthéticienne. Je suis associée avec ma mère.

Il approuva d'un signe de tête d'un air songeur puis baissa les yeux vers moi. Troisième coup au cœur. Je sentis ma respiration s'accélérer alors qu'il me fixait de ses prunelles noires. Il semblait plongé en pleine réflexion.

— Salut, alors, dis-je d'une voix incertaine.

— Salut.

Mais il ne bougea pas d'un pouce. Moi non plus d'ailleurs. Je soupirai en fronçant les sourcils. Qu'est-ce qu'il était agaçant à me fixer comme ça ?!

— Ah *yo* ! Vas-y, je te dis ! Je suis arrivée !

— OK.

Mais il ne bougea pas davantage. Il plaça ses mains dans les poches de son jean et me fixa avec plus d'insistance encore. Il semblait débattre avec lui-même, une lueur de défi au fond des yeux.

— T'attends quoi ? Le déluge ?

Il fit un pas vers moi réduisant la distance entre nous. Il me surplombait de peu, car avec mes talons aiguilles, mon nez arrivait à son menton. Je le fixai en rétrécissant mes paupières. Il ne savait pas à qui il avait affaire, le petit jeune ! À ce jeu-là, j'allais le manger tout cru.

Et soudain sur une impulsion, j'eus envie de lui donner une petite leçon. J'allais lui montrer ce qu'une vétérante comme moi faisait à de jeunes blancs-becs comme lui ! Après tout je n'avais toujours pas encaissé son dédain quand Will nous avait présentés.

Je passai ma main derrière sa nuque et amenai son visage vers le mien. Je posai mes lèvres charnues sur les siennes bien plus minces. Surpris, il plongea son regard dans le mien. Je souris d'un air victorieux. Il ne s'y attendait pas.

Je caressai son nez du mien. Je posai à nouveau mes lèvres sur les siennes, mais en réclamant de ma langue qu'il ouvre sa bouche. Il ne lui fallut qu'une demi-seconde pour comprendre le message. Il me poussa contre la porte de mon immeuble, immisçant une jambe entre mes cuisses.

D'une main, il saisit ma mâchoire. Il me regarda avec intensité ; j'en frissonnai. Il posa ses lèvres et sa langue contre la mienne. Je gémis en me coulant contre lui, les mains jointes sur sa nuque. Le goût de sa bouche était légèrement alcoolisé, mais surtout salé. Sa salive était chaude et légèrement liquide, pas visqueuse ou poisseuse. Juste lubrifiante comme il le fallait. Je gémis encore. Il soupira de contentement dans ma bouche.

De mon cou, ses mains glissèrent sur ma poitrine, sur mon ventre et sur mes fesses qu'il saisit à pleines mains. Sa main droite glissa sous ma cuisse pour la relever contre lui. Il plaqua son aine contre mon bassin. Je basculai la tête en arrière dans un râle grave et rauque. Désolée d'avoir quitté sa bouche l'espace d'une seconde, je revins à la charge en croquant avec gourmandise sa lèvre inférieure.

— Ici ? murmura-t-il échappant un instant à mon assaut.

— Quoi ? demandai-je l'esprit embrumé.

— On fait ça ici ?

Retrouvant un peu de lucidité, je tournai la tête d'un côté puis de l'autre de la rue principale plongée dans l'obscurité et le silence à cette heure. Est-ce que j'avais envie de m'envoyer en l'air ici, là, dans la rue, dans *ma* rue, devant *mon* magasin ? Une vague d'adrénaline me submergea, violente, impérieuse, brutale. Putain, oui ! J'avais envie qu'il me prenne ici !

Chapitre 2

Anton

Tamara me saisit par le col de ma veste et me tira dans le couloir de l'immeuble en donnant un coup de hanche contre la porte cochère. Le plafonnier s'alluma automatiquement à notre présence, mais cela ne perturba pas ma partenaire. Nous échouâmes contre le mur de droite. Je me retins d'une main contre la paroi, de l'autre j'empoignai la masse soyeuse de ses longs cheveux noirs.

Dire que j'avais voulu faire ça toute la soirée était un euphémisme. Cette femme était un fantasme ambulant. De ses yeux verts de chat qui vous provoquaient, de sa bouche pulpeuse et rose, de ses longs cheveux noirs de sirène, de ses hanches qu'elle avait agitées toute la soirée sur la piste de danse, j'étais comme une cocotte-minute sous pression.

J'avais envie de la prendre. J'avais envie de la repousser. Je sentais qu'elle était une séductrice chevronnée. Et que je ne faisais pas forcément le poids. Mais comme un moustique attiré par la lumière d'un néon, je demeurais scotché à son sex-appeal.

C'était une erreur, j'en étais persuadé. Mais la caresse lascive de sa langue contre la mienne fit voler en éclat tous mes doutes. Je m'écrasai contre elle. Elle tira sur ma veste en cuir pour la faire tomber de mes épaules. Je fis de même avec son manteau en laine. Nous frissonnâmes, car le hall était à peine chauffé. Mais cela ne fit qu'accroître notre envie de l'autre, car à son regard brillant, je compris qu'elle en voulait plus.

Elle s'attaqua aux boutons de ma chemise blanche. Je m'étais fait beau pour rencontrer ma fille et mes beaux parents. Il ne lui fallut pas longtemps pour venir à bout de la rangée de boutons. Elle caressa avidement mon torse et embrassa mon cou en respirant ma peau.

Je basculai la tête en arrière pour reprendre mon souffle. Elle allait me tuer à ce rythme. Elle passa ses ongles rouges sur mon dos en le griffant légèrement. Je couinai. Mais ce n'est qu'au moment où sa main passa sur la glissière de mon pantalon que je me sentis à deux doigts de vriller. Si je ne voulais pas tout lâcher dans mon caleçon, il fallait que j'accélère le mouvement. Mon contrôle sur moi-même ne tenait vraiment qu'à un fil.

D'un geste sec, je la retournai et plaquai mon torse à son dos. Je saisis l'ourlet de sa jupe et le remontai pour découvrir sa croupe. Je jetai un coup d'œil et priai tous les saints du panthéon de me venir en aide. Elle portait un tanga noir avec des bas. Ses fesses étaient sculpturales. Vite, il fallait vraiment que j'aille très vite.

De mes deux mains, je libérai ses seins de sa robe décolletée. J'en agaçai ses tétons à la couleur légèrement brune. Elle émit un râle si rauque et si sexy que je me dis que j'étais perdu pour l'humanité.

Dans un état second, je tirai un préservatif de la poche de mon jean. Je dézippai ma fermeture éclair, déchirai le papier argenté d'un coup de dent, le mis en place. Avec autant de douceur que j'en étais capable à ce moment précis, je fis glisser son slip sur ses cuisses, la fis se cambrer et l'invitant à se tenir au mur. Quand je vins en elle, honnêtement j'allais presque m'évanouir. Elle était chaude, humide et ferme à la fois. Parfaite. Je fixai mon attention sur le tableau électrique de l'immeuble et me concentrai bêtement sur les fusibles.

— Plus vite ! Plus fort ! me pria-t-elle en se cambrant davantage.

Moi, j'étais à l'agonie, si elle ne venait pas là et maintenant, j'allais plus ne pouvoir me retenir. Je glissai ma main sur son pubis pour le masser délicatement. L'effet fut immédiat, elle jouit dans un cri si sexy qu'il resta imprimé sous ma peau. Et moi, je pus enfin m'accorder la délivrance qui me pilonnait les entrailles.

L'écho de mon gémissement résonna dans ma tête plusieurs secondes. Celui de Tamara vibra dans l'air et s'incrusta dans chaque cellule de mon corps. Je vibrai à l'unisson. J'étais un instrument de musique sur lequel elle jouait sa mélodie.

Peu à peu le monde réel évacua la dimension de plaisir qui nous entourait l'un et l'autre. Nos poitrines se soulevaient au rythme de nos respirations saccadées. De petits râles nous échappaient encore. Nos souffles se synchronisaient et se désynchronisaient. Nous déglutîmes. Je fus le premier à lâcher le mur sur lequel nous nous appuyions jusqu'ici. Avec toute la prévenance dont j'étais capable, je me retirai en abaissant sa robe pour la rendre décente.

Elle ajusta son décolleté dans un geste féminin. Elle passa sa longue main manucurée dans ses cheveux pour y remettre de l'ordre. Elle lissa le tissu de sa robe sur son abdomen. Quand tout lui sembla en ordre, elle se tourna vers moi avec un regard posé, presque indifférent.

— C'était sympa de me raccompagner. Bonne nuit !

Elle prit la direction de son appartement et le son de ses talons se perdit dans la cage d'escalier. Quand sa porte d'entrée claqua lugubrement dans le silence de la nuit, je me demandai si je n'avais pas rêvé ce qui venait de se passer !

— Sérieusement ?

Dans une sorte d'état second, j'ouvris la lourde porte et m'immobilisai dans la rue afin de respirer l'air glacé. J'avais besoin de reprendre pied, parce que je n'étais pas loin de penser avoir halluciné tout ça. C'était donc ça, le sentiment désagréable d'avoir été utilisé puis jeté comme un mouchoir usagé. Je me sentais mal à l'aise parce que… je ne savais pas en fait !

J'avais eu l'impression de vivre un truc dingue et j'avais vécu la meilleure expérience de sexe de ma vie. Mais là, tout de suite, j'avais le sentiment que c'était à sens unique. Et que de son côté à elle, ça avait été juste passable, sans étincelles. Moi je crépitai intérieurement. Tout mon corps était électrisé.

Mon regard tomba sur le préservatif noué encore entre mes doigts. Non, je n'avais rien rêvé !

Bordel.

Mon regard glissa vers la boutique et j'eus soudain une inspiration. Elle ne s'en tirerait pas comme ça. Je lui laisserais un petit souvenir sur le pas de porte du salon de coiffure, histoire qu'elle ne m'oublie pas si vite !

Puis je pris le chemin de la maison de Will. Je soupirai en passant une main lasse dans mes cheveux. Quelle drôle de journée ! J'avais fait la connaissance de ma petite fille Lin, alors que je n'avais aucune idée de l'existence jusqu'à la semaine dernière. J'avais accepté de prendre ma part dans son éducation. Je n'avais pas la moindre idée de ce en quoi ça consistait ! Je n'avais jamais pensé aux enfants, parce que je n'avais jamais été en « couple », en tout cas jamais assez longtemps pour que cette question soit abordée. Et puis merde ! Je n'avais que vingt-quatre ans ! OK. J'avais l'âge d'engendrer. Mais je ne me sentais pas l'âme d'un « père ».

D'ailleurs, il allait falloir que je leur annonce… Mon père et ma mère vivaient à la campagne dans le pays basque. Ils étaient heureux comme des papes. Surtout que je n'étais plus là pour leur faire faire du mauvais sang.

Je grimaçai en repensant à mon adolescence rebelle : aucun goût pour les études, beaucoup d'aptitudes à faire le con. J'avais fini par m'attirer des ennuis. Conduite en état d'ivresse, insultes à agent. Papa m'avait enrôlé de force au ramassage des fruits de son entreprise. Mais ça ne l'avait pas fait. Il me fallait de l'action. De l'adrénaline. Être maraîcher n'était pas du tout pour moi. Finalement un ami gendarme de papa m'avait pris sous son aile. J'avais appris le métier de maître-chien, la révélation de ma vie. J'avais un don avec les animaux.

Bref quand Chinh m'avait prévenu la semaine dernière, j'avais dû prendre des décisions un peu radicales pour m'adapter. J'avais demandé un congé sans solde, le temps de me retourner. En attendant, Will m'avait obtenu un entretien avec la patronne du *Cheval blanc* pour une mission de gardiennage. Je la voyais le lendemain.

En poussant discrètement la porte de la maison de Will, je fus accueilli par Toscane, mon malinois.

— Hé, ma belle ! C'est moi ! Oui, c'est moi !

La chienne me lécha les mains et je caressai sa gueule avec effusion. Cet animal avait sauvé ma vie. Si j'étais rentré dans le droit chemin, c'était grâce à elle. Mais le défi qui m'attendait était désormais plus grand encore. J'allais devoir construire un foyer pour Lin. Un métier, une maison et tout ce qui serait nécessaire à son épanouissement : une balançoire, un vélo, des patins à roulettes et que savais-je encore !

Je soupirai en m'effondrant sur le canapé convertible du salon. Tout ça était si soudain. Je n'étais pas prêt. Vraiment pas. Je fermai les yeux, une main posée sur ma poitrine.

L'image d'une femme brune cambrée devant moi s'immisça dans mon esprit. Je grognai d'agacement. J'avais assez de problèmes comme ça ! J'évacuai l'image inopportune d'un revers de la main.

Satisfait, je m'assoupis, mais avant d'être emporté par le sommeil, le son grave et rauque d'une voix de femme s'invita dans mes songes. *C'n'est pas vrai !*

Maintenant que le souvenir des gémissements de Tamara s'était imposé à mon esprit, je n'arrivais plus à penser qu'à cela. J'avais couché avec assez de filles pour reconnaître qu'elle jouissait avec classe. J'avais connu des filles qui grognaient comme des petits cochons, d'autres qui avaient des cris si aigus qu'elles auraient pu briser des vitres ou d'autres encore qui poussaient des râles d'outre-tombe. Mais avec Tamara, c'était la classe internationale, pas un gémissement vulgaire comme dans les pornos, non c'était un râle féminin rauque sexy comme un feulement.

Bordel !

Je me levai d'un bond et allai m'abîmer dans la contemplation du paysage par la fenêtre. Will habitait le bourg comme Tam. De là où j'étais, je voyais une jolie enfilade de maisons alsaciennes aux façades colorées : une jaune, une verte, une mauve, une bleue, une rose. Je réprimai un sourire. Il n'y avait qu'en Alsace qu'on trouvait ça !

Dans le pays basque, nous avions aussi nos maisons à colombages, mais c'était les poutres en bois qui étaient peintes, pas la maison entière. Le Pays basque était la patrie de papa tandis que l'Alsace était la patrie de maman.

J'avais une affection toute particulière pour cette région, des souvenirs de vacances liées à notre grand-mère à Will et moi. Elle était décédée aujourd'hui. Mais je me souvenais précisément des repas de Noël et de Pâques, des décorations, des gâteaux, des Winstub pour les anniversaires et de l'ambiance unique alsacienne. La convivialité. Je posai mon front contre le carreau.

Au fond je savais ce qui me contrariait. J'avais été aussi inconséquent avec Tamara que je l'avais été avec Chinh il y avait quatre ans. Un petit coup vite fait et sans crier gare, vous êtes « père ». J'étais trop con. Je n'apprenais pas de mes erreurs.

Je fermai les yeux et à mon grand étonnement des larmes me vinrent. Je sentis mon cœur s'emballer. J'avais peur, tellement peur de ne pas être à la hauteur. Lin m'avait impressionné. Comment une enfant de trois ans pouvait être si mature, si lucide et rationnelle ?

— Dis bonjour à ton père, Lin.

Chinh m'avait présenté sans faire de détour.

— Bonjour, Papa, avait-elle dit.

Elle avait soulevé ses yeux noirs en amande d'une mélancolie insondable et les avait plongés dans mon âme. Son examen m'avait chamboulé. J'y voyais de la compassion, un soupçon de déception et de la résignation. Elle s'était peut-être attendue à autre chose…

Pouvais-je l'en blâmer ? Même à mes propres yeux, j'étais un imposteur ! Je cognai mon front contre la vitre pour tâcher de me calmer et de juguler les sanglots que je sentais monter. J'ouvris les yeux. Et je me perdis dans la contemplation d'une jolie couronne de Noël qui décorait la porte du voisin. Il y avait des branches de sapins, de houx, des pommes de pin, de la mousse des bois, des rubans, des étoiles et en son centre une adorable cabane en bois dont la porte était sculptée d'un cœur.

Je soupirai. C'était ça pour moi le symbole d'un foyer aimant. Une jolie maison, décorée avec amour pendant les fêtes. Mon esprit vagabonda un instant et je me pris à rêver d'entrer dans une maison semblable ornée d'une couronne identique avec Lin sur mes talons.

À bien y réfléchir, ce n'était pas si inatteignable que ça. Il suffisait que je décroche un job, pourquoi pas celui de vigile au *Cheval blanc*. Je louerais une petite maison à Niederschwiller et je partagerais ma garde avec Chinh et ses parents.

Ragaillardi par cette nouvelle détermination, je souris à la couronne de Noël qui me faisait face et murmurai une promesse solennelle. Et l'une de mes premières résolutions serait d'arrêter de choper des inconnues dans les rues sombres. Je me promettais en me recouchant d'adopter une attitude exemplaire. Je voulais voir briller de la fierté dans les yeux de ma fille !

Le lendemain, j'attendais dans le hall du restaurant pour être reçu par la patronne. Je fus surpris d'être accueilli par une jeune femme menue aux cheveux gris, au sourire avenant.

— Bonjour Anton, veuillez excuser notre retard, ma mère Béatrice Kolb est retenue par un autre rendez-vous. Je suis Bella Muller, sa fille. Enchantée.

— Enchanté.

— Vous venez pour le poste de vigile, c'est bien ça ?

— Oui, tout à fait, je viens de la part de William…

— Oui, bien sûr ! Tu es le cousin, c'est ça ? Ça ne t'ennuie pas que je te tutoie, Will est un vieil ami.

— Pas de souci.

— Bon, je pense que ça va être une formalité. Maman va bientôt finir son précédent rendez-vous…

À cet instant, le bureau de la patronne s'ouvrit et je restai scotché en reconnaissant Tamara accompagnée d'une femme âgée de la cinquantaine.

— Alors, c'est convenu. Je soumettrai la carte de vos prestations d'esthétique et de massage à mes prochains clients. Ils veulent du « Bien-être ». Vous êtes les femmes de la situation. Parfait. Merci, Mesdames.

Je réprimai avec difficulté un grognement de dérision. Du bien-être !

— Mais c'est un plaisir de faire affaire avec toi dans ces conditions, souligna la quinquagénaire d'un air affable. Oh, mais dis donc, voilà un nouveau visage ! Qui est ce fringant jeune homme, Béa ?

— Anton ? s'écria Tamara dont les traits se crispèrent. Qu'est-ce que tu fais là ?

— Vous vous connaissez ?

Bella braqua ses yeux gris alternativement sur elle et moi.

— Non ! criâmes-nous en chœur.

Je rougis comme un écolier pris en faute, mais eus la satisfaction de constater que Tam aussi. Merde ! Que faisait-elle ici ?

— Mais présente-moi ? minauda la femme qui accompagnait Tamara.

— Eh bien…, commença la maîtresse des lieux.

— Maman, je te présente Anton, le cousin de William Lang. Anton ma mère, Chantal. Béa et Bella tiennent le *Cheval blanc*. Qu'est-ce que tu fais là ?

— Je postule comme vigile.

— Eh bien ! Tout est pour le mieux si vous vous connaissez déjà, claironna Béa. Car vous allez faire partie de mon équipe de choc pour accueillir le séminaire de team building de *Kohl Metallverarbeitungs,* un groupe industriel allemand, qui arrive la semaine prochaine. Nous allons les soigner aux petits oignons ! Vous êtes engagé, jeune homme. Ils vont tous débarquer avec leur voiture de luxe pour une semaine, et je ne veux pas de pétard. Gardiennage du parking et prestations « Zen ». Ils vont être comme des coqs en pâte !

Chapitre 3

Tamara

— Ooooh ! Vous êtes vigile ? minauda ma mère en papillonnant des cils. C'est intéressant ça, hein ?

— Oui… euh… en vrai je suis maître-chien.

— Rôôô… Maître-chien, tu entends ça Tamara ? Un homme fort en somme, auprès de qui on se sent protégé ?

— Maman !

Je la fusillai du regard, outragée. À quoi jouait-elle ? Chantal Hopfner avait un don particulier pour vous propulser dans des moments de gêne indescriptible. À minauder ainsi, je n'étais pas loin de me consumer de honte.

— Eh bien, eh bien, je vous laisse faire connaissance. Je suis très occupée, aujourd'hui, nous salua Béa avec empressement. Raccompagne-les Bella, tu veux ?

— Pas besoin ! On s'en va !

En glissant un rapide regard vers la nouvelle Madame Muller qui n'arrêtait pas de toucher son ventre, je ne pus que constater qu'elle nous observait avec perplexité pour ne pas dire suspicion. Et la dernière chose que je voulais c'était que

Ian vienne fourrer son nez dans cette histoire. Je n'avais pas besoin d'un énième sermon sur mes fréquentations.

— Mais pourquoi es-tu si pressée ? protesta ma mère alors que je lui empoignais le bras pour évacuer au plus vite.

Dehors, je la poussai sans ménagement vers la voiture.

— Maman ! Vas-tu arrêter de faire ça ? Ce garçon a l'âge d'être ton fils !

— Mais enfin ! Pour qui me prends-tu ? C'est pour toi que je fais connaissance !

— Pour moi ?

— Oui, pour toi ! Il est grand temps que tu te remettes en selle et que tu cesses de ruminer après les Muller. Te morfondre ainsi ne t'apportera rien. Bella est enceinte en plus. Il n'y a rien à gagner à te languir ainsi à part te faner prématurément. Et crois-moi, ce n'est pas quelque chose que je vais permettre ! Je ne t'ai pas faite aussi belle pour que tu restes vieille fille ! Ah ça ! *Nein* ! *Nein und nein* !

— Je suis parfaitement capable de m'occuper de ma vie sentimentale !

— Permets-moi d'en douter !

— Ah ! Maman, tu me rends folle ! Tu ne peux pas sauter sur le premier inconnu qui passe pour me caser !

— *Ah yo* ! Ce n'est pas un étranger ! Tu as dit qu'il était le cousin de Will !

— Oui, mais ce garçon est ici pour voir sa fille. Les pères célibataires, très peu pour moi !

— N'importe quoi ! Tu es toi-même une mère célibataire.

— Justement ! Ça craint !

— Et de quel enfant est-il le père ?

— Lin, la petite-fille des Chang du *Dragon royal* !

Les yeux de maman s'ouvrirent en grand. Il était impossible qu'elle ne soit pas au courant de ce scandale, qui défrayait la chronique. La petite n'était pas de père si inconnu que ça finalement.

— *Also...*

— Oui, comme tu dis. Et en plus j'ai un don pour sentir les paumés à dix mille lieux à la ronde. Et crois-moi, celui-là est un champion toute catégorie. À fuir donc !

Ce fut à ce moment que je discernai dernière moi le bruit de botte sur le bitume. Maman me fit de gros yeux pas du tout discrets pour que je me taise, mais, je crois bien que le mal était fait.

Je croisai le regard noir et le visage fermé d'Anton qui jouait avec les clés de son véhicule, une estafette grillagée pour transporter le chien. Il m'adressa une œillade assassine avant de s'engouffrer dans son utilitaire et de démarrer nerveusement.

— Bien joué ! maugréa ma mère. Il t'a entendue !

Je haussai les épaules avec indifférence. Tant pis ! Je ne disais que la vérité.

— Eh bien ! Moi je serais moins sévère que toi dans mon jugement. Si ce garçon a trouvé du travail ici, c'est qu'il a l'intention de rester pour sa fille. Et je trouve ce comportement tout à fait digne et honorable.

Ah ! Je levai les yeux au ciel d'agacement. Elle était impossible ! Depuis que je l'avais privée d'un mariage de princesse suite à la défection de Matthias devant l'autel l'année précédente, son obsession pour me marier virait à la tocquerie. Elle s'était sentie valorisée d'organiser la fête avec Edwige Muller. Du coup, la pilule de l'annulation avait du mal à passer. C'était comme si je l'avais amputée d'un membre. Elle n'avait de cesse de me proposer des partis avantageux.

Mais avec Anton, elle faisait fausse route. Certes les Lang avaient bonne réputation à Niederschwiller, puisqu'ils étaient vignerons. Mais si elle savait que le « malotru » qui avait laissé sa capote usagée sur les marches de notre boutique était Anton, elle changerait de discours.

Hier, elle avait javellisé les marches en granit rose avec rage en pestant contre les « dégueulasses » qui avaient « forniqué » devant chez elle.

Bref, je m'étais bien abstenue de lui révéler que la « dégueulasse » en question était sa propre fille, parce qu'elle en aurait fait une syncope. Mais j'avais pesté intérieurement contre mon partenaire qui m'avait fait ce pied de nez. Le garçon avait été vexé par ma réaction post-coït ! Très bien, je voyais que la réponse était très mature.

Mais je n'en avais rien à faire ! Je chassais parmi les mâles alphas d'habitude. Je n'avais aucun goût pour les freluquets prépubères, même si en l'occurrence l'intéressé ne s'était pas mal défendu. Un frisson fit d'instinct redresser ma colonne vertébrale au souvenir de notre corps à corps dans le couloir de mon immeuble.

Si je n'étais pas aussi déçue par la stature et le physique de mon partenaire, j'avouerais plus facilement qu'il m'avait donné le meilleur orgasme de ma vie. Même avec Ian, avec qui le sexe pouvait être musclé, je ne me suis jamais sentie dominée comme ça. C'était pourtant moi qui l'avais chauffé. Mais c'était lui qui avait mené la danse et achevé le travail avec une assurance que je ne lui aurais pas soupçonnée. Et j'avais vraiment aimé ça.

Mais stop ! *Nix*[5] !

J'avais décidé que cet écart ne méritait pas que je lui accorde plus d'importance qu'il n'en revêtait réellement : à savoir une partie de jambe en l'air derrière une porte d'immeuble. Inoubliable, certes, mais.... Quoi ?

Non !

---

[5] *Rien*

J'avais dit que non ! Je devais me rappeler qu'il ne me plaisait pas et que je ne voulais plus avoir rien à faire avec lui. Un coup d'un soir, voilà ce qu'il était ! Et je comptais bien à ce qu'il le reste.

Je soupirai de lassitude, car les événements récents n'allaient pas dans ce sens. Il allait gardienner le parking du *Cheval blanc*. Autrement dit, je serais obligée de le croiser tous les jours de la prochaine semaine. J'avais proposé des soins esthétiques et des massages californiens. Maman ferait des massages crâniens et de la réflexologie plantaire. Avec le temps, nous avions élargi la gamme de nos prestations. Et ça plaisait plutôt bien aux touristes de passage.

J'ouvris la porte de ma petite Fiat avec énergie. J'y fourrai mes caisses et celles de ma mère. Nous étions venues avec notre matériel de présentation afin de convaincre Béa. Je laissai ma main manucurée courir sur la carrosserie vert amande de ma 500. Ma petite folie du moment ! J'avais eu une année difficile, deux pour être exacte si on comptait le retour de Bella. Alors ce petit bijou était mon lot de compensation pour toutes les souffrances endurées.

— Allons-y !

Ma mère s'installa et je démarrai en trombe. J'aimais conduire vite et, là, tout de suite, maintenant, j'avais besoin de me défouler !

J'aurais dû me douter que ma mère n'en resterait pas là ! *Verdammi*[6] ! Elle allait me rendre dingue !

Nous étions vendredi soir, j'avais récupéré Savannah à l'école pour ma semaine de garde. En entrant dans l'appartement que nous partagions au-dessus de notre salon de coiffure et d'esthétique, je fus surprise de trouver la table

---

[6] *Bon sang !*

de la salle équipée de ses rallonges, d'une jolie nappe rouge chatoyante aux couleurs de Noël, des branches de sapin, avec pommes de pin et boules décoratives.

— Tu attends des invités ?

Mais ce n'était pas tout. Il y avait un sapin (un vrai !) encore enrubanné dans son filet, le carton des décorations à son pied. Bon jusque-là rien de surprenant, puisque nous avions convenu d'attendre Savannah pour décorer notre sapin.

— Tu n'as pas descendu le sapin en plastique du grenier ? Depuis quand, on met un vrai sapin à la maison, t'as toujours dit que ça collait trop de chantiers !

— Oh ! Eh bien, tu sais quoi, j'ai changé d'avis. Et le marchand m'a assuré que cette espèce de conifère ne perdait pas ses aiguilles !

— Oh ! J'adore, Mamie ! Merci, merci, merci !

Savannah lui sauta au cou, et ma mère lui rendit son câlin avec effusion.

— De rien, ma chérie. Je savais que ça te ferait plaisir. Que dirais-tu de le décorer maintenant ?

— Oh oui ! Trop bien. Je l'ai fait chez papa cette semaine, on a mis plein d'étoiles dedans…

— Évidemment…

Je faisais du mauvais esprit, mais pouvait-on en attendre moins de la binoclarde, chercheuse au CNRS en astrophysique ? J'avais toujours un mal fou à la tolérer. Et dire que Bella était la belle-mère de Savannah ! Non, mais vous y croyez, vous, à un truc comme ça !

Le seul avantage à cette cohabitation forcée était qu'elle pouvait répondre à toutes les questions que se posait Savannah sur l'Univers… et elle était intarissable.

Je n'avais pas d'objection à ce qu'elle s'instruise au contraire. Mais la vérité, c'est que je n'avais jamais été très intéressée par l'école. Du coup, je me sentais limitée parfois pour répondre à sa curiosité d'enfant.

— Et pourquoi, la table est-elle dressée ?

Là, je vis ma mère se raidir et plaquer un sourire faux sur son visage.

— Oh ! Eh bien ! J'ai décidé de recevoir des collègues commerçants. Des fois, je me dis que je ne fais pas assez de réseautage à Niederschwiller.

— Du réseautage ?

Qu'est-ce qu'elle me baragouinait là ? Tout le monde connaissait tout le monde et savait tout sur tout le monde dans ce petit village d'Alsace. Je levai les yeux au ciel et me gardai bien de faire tout commentaire. Maman avait des lubies. Apprendre la cuisine indienne, apprendre la calligraphie chinoise, apprendre la réflexologie, apprendre la méditation tantrique. Eh bien cette fois-ci c'était le réseautage ! Allons bon !

— Je ne te demanderai qu'un tout petit service, *Misele*[7], c'est d'attendre nos invités pour décorer le sapin. Tu veux bien ?

Je lançai un regard suspicieux à ma mère. Et puis quoi encore ?

***

— Entrez, entrez, voyons ! s'exclama maman à nos invités qui venaient de sonner à la porte. Comme c'est aimable de votre part d'être venus !

Dans le salon où je les attendais avec Savannah, nous nous lancions des regards perplexes. Nous n'avions aucune idée de

---

[7] *Petite souris*

l'identité de nos visiteurs. Maman avait été inflexible ! On avait pourtant bien essayé de deviner…

Mais quand je tournai la tête vers la porte, un sourire affable aux lèvres pour les accueillir, celui-ci mourut aussitôt et se transforma en horrible grimace.

— Monsieur et Madame Chang ? Chinh ? Lin ? couinai-je avec un horrible pressentiment.

— Et Anton ! claironna maman en faisant entrer l'intéressé.

Mon regard se planta dans le sien. Il était mal à l'aise, mais il redressa instinctivement les épaules à ma vue, une lueur de défi dans les yeux.

— Comme c'est gentil de nous inviter chez vous, Tamara, s'exclama Madame Chang en me serrant la main.

— Hein ? Oui…

— Quand j'ai su que Lin et Savannah fréquentaient la même école, je me suis dit qu'il fallait absolument nous rencontrer !

— C'est une excellente idée, Madame Hopfner. Lin est une enfant très réservée, ça lui fera du bien d'avoir des amis !

— Madame Chang ! Appelez-moi Chantal, voyons ! Mais c'est tout naturel. Et puis nous sommes quasiment voisins dans la rue Principale.

— Oh oui, c'est vrai, quelques mètres seulement séparent nos deux boutiques !

Les deux femmes partirent dans un bavardage sans fin au sujet de la bonne santé de leurs affaires, des travaux de la rue de Broglie et des menues incivilités dont elles étaient victimes.

— Lin ? Veux-tu aider Savannah à décorer le sapin ? demandai-je à la petite qui n'avait pas lâché la main de sa mère.

Elle tourna la tête vers celle-ci pour avoir son approbation. Bien que Chinh acquiesça, Lin n'accepta qu'à la condition que sa mère l'accompagne.

Je me retrouvai donc isolée avec Anton.

— Qu'est-ce que tu fous là ? grognai-je sans me départir de mon sourire.

— Ta mère m'a invité.

— Voyez-vous ça ?!

— C'est dingue comme le fait d'être père fait de vous une personne respectable.

— Mouais…

— Tu aurais pu décliner.

— J'aurais pu…

— Les gens sont sales aujourd'hui… je trouve des déchets tous les jours sur ma vitrine, se plaignit maman. Tenez ! Pas plus loin qu'il y a une semaine, j'ai trouvé un préservatif sur mes marches. Usagé en plus !

— Oh ! s'exclamèrent les Chang avec un mouvement de répulsion.

Je levai les yeux au ciel et surpris le sourire narquois d'Anton. Ce n'était vraiment qu'un gamin.

— Et ça t'amuse ?

— Beaucoup.

Son sourire s'élargit davantage et une fois encore je buggais dessus : l'éclat de ses dents blanches et ses fossettes moqueuses.

Verdammi ! Je détournai la tête pour lui cacher mon rire qui pointait. En plus d'être dévastateur, son sourire était contagieux. Il se racla la gorge pour taire le fou rire qui l'avait gagné et me donna un petit coup de coude.

— Amis ?

Surprise, je levai les yeux vers lui et me plongeai dans ses prunelles noires qui pétillaient.

— On a pris un mauvais départ tous les deux, ça te dit qu'on reprenne tout à zéro ? Je m'appelle Anton, je ne suis pas un paumé. Et toi, tu es très belle, la plus belle. Juré !

Il dessina une croix sur son cœur.

— Petit con !

Mais ma colère avait fondu comme neige au soleil. Avec son air de petit garçon suppliant, je craquai. Et puis je me sentais honteuse qu'il m'ait surprise à le juger comme ça.

Amis ?

Après tout, pourquoi pas ?

— Va aider ta fille et ta femme ! Il leur faut de grands bras pour fixer l'étoile au sommet.

Je le poussai avec un petit sourire en coin. Il me sourit en retour.

— Chinh n'est pas ma femme. Juste la mère de ma fille.

Étonnement nous passâmes une excellente soirée. Chinh nous apprit qu'elle partait d'ici quelques jours pour une cure en maison de repos et qu'elle était très reconnaissante envers ses parents et Anton de prendre Lin en charge.

J'observai avec beaucoup d'intérêt les échanges entre eux deux. Et je ne vis rien autrement que de la gêne de la part de Chinh et une froide prévenance du côté d'Anton. Rien ne trahissait qu'ils étaient encore en couple. Argh ! Et puis quoi ? Je m'en foutais ! Ce n'était pas mes affaires ! Je me forçai à détourner mon attention vers les enfants.

Savannah avait pris sa petite camarade sous son aile. Elle lui montra sa chambre et ses jouets. Ça me fit sourire de la voir jouer ainsi à la grande sœur protectrice. Je ressentis un petit pincement au cœur bien familier en me disant qu'elle endosserait parfaitement le rôle avec le bébé de Bella. Un soupir m'échappa, Anton le perçut et m'interrogea d'une mimique. Je lui répondis en haussant les épaules d'un air dégagé.

Chapitre 4

Anton

J'étais soulagé. Je n'étais pas à proprement parler réconcilié avec Tamara, mais on était revenus à la case départ. Et c'était très bien ainsi. Niederschwiller était une petite ville et je n'avais aucune envie de m'en faire une ennemie. Will m'avait expliqué à quel point elle pouvait être garce. Elle avait pourri Bella pendant des années. Je n'étais pas ici pour créer des ennuis. Je voulais juste vivre paisiblement avec ma fille. Et où que j'aille, mon regard croisait celui de Tam : à l'école de nos enfants, chez Betty ou maintenant au *Cheval blanc*.

Will m'avait fait un topo complet sur elle. Elle avait gravement morflé. Je devais reconnaître que mon opinion avait changé : se faire recaler par deux fois par les Muller, c'était dur. Même pour une peste comme elle !

Quand je pense qu'elle m'avait traité de paumé ! C'était l'hôpital qui se foutait de la charité. Elle aurait presque pu me donner des leçons.

Toujours est-il que quand Chantal Hopfner m'avait invité, j'y avais vu l'opportunité de la narguer, c'est vrai. Mais après réflexion, j'avais aussi pensé qu'il était bon de sociabiliser ne serait-ce pour l'équilibre de Lin. C'était incroyable comme elle était solitaire. J'étais venu discrètement l'espionner dans la cour de l'école. Mon cœur s'était brisé en l'observant. Dans un coin du bac à sable, elle traçait des idéogrammes avec un bâton. Autour d'elle, les enfants se poursuivaient, riaient et criaient de joie. Elle semblait ailleurs, perdue dans ses pensées. Comment une enfant de trois ans pouvait-elle être aussi invisible aux yeux des autres ?

Will m'avait parlé de Savannah, une petite fille pétillante et pleine de vie, passionnée par l'astronomie. Elle avait fait sa rentrée en cours élémentaire. Lin pourrait profiter de sa protection et de son soutien à l'école. Les enfants peuvent être cruels entre eux et je me sentais rassuré à l'idée qu'elles deviennent amies.

Je n'avais donc pas d'autres attentes à ce dîner que de faire la paix avec Tamara pour le bien de ma fille. Mais pour être honnête, elle aiguisait ma curiosité comme aucune autre femme. Il y avait chez elle une âpreté qui détonnait avec son visage de Cléopâtre. Elle aurait dû exsuder la confiance en elle. Au lieu de ça, elle mordait comme un caniche enragé. Déroutant.

Je ne vis pas passer le reste du week-end, que je passai auprès des Chang pour me familiariser davantage avec l'environnement de Lin. J'accompagnai Chinh à la maison de repos le dimanche soir. Avant de partir, Lin lui fit un gros câlin. Chinh la rabroua avec une joie feinte quand deux grosses larmes de crocodile roulèrent sur ses joues rebondies.

— Pourquoi tu pleures Lin ? Je ne suis pas morte ! Je vais à l'hôpital pour trois mois. C'est court trois mois. Et puis on se verra à Noël. Tu auras le droit de me rendre visite. Ce sera amusant tu verras, on fera des courses de fauteuil dans les couloirs. Ça te dirait de faire ça ? Hein ?

Elle tapota la tête de sa fille avec un sourire enfantin. Le moins qu'on puisse dire c'était que Chinh n'avait pas beaucoup l'instinct maternel. Elle semblait indifférente à la tristesse de sa fille pour qui la séparation était une épreuve. Je passai ma main sur l'épaule frêle de Lin. Je sentis son dos frémir pour retenir un sanglot. Elle tourna bravement la tête vers moi, mais ses yeux emplis de larmes me chamboulèrent. Je m'accroupis devant elle et pris ses mains dans les miennes.

— Maman a raison, Lin. Ça te semble long aujourd'hui, mais trois mois c'est très court en réalité. Quand Maman rentrera, l'hiver sera parti. On pourra faire des promenades avec Toscane et cueillir des fleurs près de la rivière. Tu vois ?

Chinh approuva énergiquement de la tête en frictionnant les cheveux de la petite.

— Faut pas être triste, ça ne sert à rien ! Allons-y, maintenant ! Ne l'emmène pas, je ne veux pas qu'elle pleure.

Je fis les gros yeux à Chinh, mais celle-ci nous avait déjà tourné le dos pour aller s'installer dans la voiture. Je captai le regard tourmenté de Lin, qui réprima un sanglot.

Sur une impulsion, je lui donnai un baiser sur le front. C'était la première fois que je me permettais un contact. Je fus étonné de mon propre geste. C'était un réflexe. Enfant, ma mère me déposait toujours un baiser sur le front quand elle me quittait pour aller au travail. Ce rituel m'était resté pendant longtemps. C'était le gage qu'elle reviendrait. Et elle était toujours revenue.

Je vis bien que Lin était surprise. Elle esquissa un léger mouvement de recul en m'observant avec méfiance. Puis soudain, un tout petit sourire naquit sur ses lèvres de poupée. C'était fugitif, mais pour moi, c'était la plus grande des victoires.

Saurai-je créé un climat de confiance ? Parviendrai-je à la convaincre que je serai toujours là pour elle ? Trouverai-je les bons mots et les bonnes attitudes ? Je n'en avais aucune idée. J'espérais faire de mon mieux…

— Je reviens vite ! Va avec Mamie, ma puce.

Je conduisis Chinh à l'hôpital dans un silence pesant. Son attitude m'avait choqué. Dans le même temps, je me rappelais également qu'elle était atteinte d'un trouble sévère du comportement qui altérait ses réactions. Je soupirai de lassitude. Je n'étais pas armé pour faire face à ça…

À mon retour, Lin était déjà au lit, mais elle ne dormait pas. Madame Chang m'informa qu'elle m'attendait. Je toquai à sa porte et entrai.

— Tu ne dors pas encore ?

Elle me fit non de la tête.

— Tu t'inquiètes pour ta maman ?

Elle haussa les épaules en regardant par la fenêtre, puis timidement acquiesça.

— J'ai vu ses médecins. Ils m'ont semblé très gentils. Ils vont bien prendre soin d'elle. Et quand elle rentrera, elle ira mieux. Fini les crises, les pleurs et la dépression. Tu auras une maman en bonne santé pour s'occuper de toi. C'est pour ça qu'elle y est allée. C'est pour être mieux. Pour toi.

Elle approuva en baissant la tête.

— Et puis, je suis là, moi. Et mamie. Et papi. Tout le monde t'aime très fort.

Elle demeura immobile en rentrant les épaules.

— Tu sais ce que tu devrais faire ? Tous les jours, tu fais un beau dessin pour maman. Et on lui enverra par la poste. Comme ça, elle saura que tu penses à elle !

Elle redressa la tête, ses yeux brillaient comme des étoiles, un tout petit sourire naquit sur ses lèvres.

— Ça te ferait plaisir ?

Elle acquiesça énergiquement. J'en aurai presque pleuré de la voir si heureuse. Cette enfant ne vivait que pour faire plaisir à sa mère.

— Tape là, alors.

Je lui tendis ma main et elle claqua doucement la sienne contre ma paume. On allait devoir travailler sa spontanéité ! Mais c'était déjà un grand pas d'effectué.

— Allez dors, maintenant. Tu as école, demain. C'est mamie qui t'emmène et moi qui viens te chercher. OK ?

Elle hocha la tête et s'allongea sur son oreiller. Je lui fis une nouvelle fois un bisou sur le front. Sa peau était si douce !

— Bonne nuit, *Harzele*[8].

Quand ce soir-là je pris mon poste de garde sur le parking du *Cheval blanc* en compagnie de Toscane, j'étais encore sous le coup des évènements de la soirée. Étais-je parvenu à trouver les mots pour rassurer Lin ? Je n'étais pas doué dans les rapports humains, ce n'était pas pour rien que je travaillais avec les animaux. Mais ce soir, il m'avait semblé que pour gagner la confiance de ma fille, je devais m'y prendre comme avec eux. Faire preuve de patience et trouver le bon levier.

Je relevai le col de ma parka et soufflai sur mes doigts gelés. Mon regard se perdit sur le paysage alentour. Depuis la veille, la neige s'était invitée sur les Vosges. Le panorama autour de l'auberge était féerique. Le Goetzenberg avait revêtu son blanc manteau. Les sapins des monts environnants étaient parsemés de poudreuse scintillante. Dans la nuit, les montagnes semblaient noires et inquiétantes, sauf quelques spots de neiges blanches qui réverbéraient la lune. Je caressai le museau de Toscane, cinq heures de garde nous attendaient dans le froid. Ça allait être long.

---

[8] *Petit cœur.*

Une heure plus tard, un roadster Mercedes noir fit son entrée sur le parking. Je haussai les sourcils, car c'était la première fois que j'en voyais un en vrai. Putain ! Ça, c'était de la caisse !

Le véhicule s'arrêta devant l'hôtel. La porte s'ouvrit à la verticale dans un bruit un peu futuriste. Mais qui pouvait conduire une voiture pareille ? Un homme d'une trentaine d'années en sortit, brun, grand, en costard. Il regarda autour de lui d'un air méfiant, presque inquiet.

Quand il me vit, il me fit signe. J'avançai vers lui. Il me tendit son trousseau avec un sourire de connivence.

— *Hallo ! Ich vertraue Ihnen mein Baby an. Passen Sie auf.*[9]

— Désolé. Je ne parle pas allemand.

— *Wirklich*[10] ?

Il leva les yeux au ciel.

— Excusez-moi. Je pensais qu'on parlait allemand par ici.

— Navré. Pas tout le monde.

J'hallucinais, le gars s'exprimait parfaitement en français en plus !

— Pouvez-vous garer ma voiture pendant que je fais mon *check in* ?

Je souris d'un air narquois, levai les mains et reculai d'un pas.

— Il y a un malentendu. Je ne suis pas voiturier. Seulement vigile. Et pour le *check in*, je ne suis pas sûr que vous trouviez qui que ce soit à cette heure…

— *Was*[11] ?

---

[9] *Salut ! Je vous confie mon bébé. Prenez en soin.*

[10] *Sérieusement ?*

[11] *Quoi ?*

L'homme se tourna vers l'entrée, où une simple veilleuse éclairait la porte.

— Aaaah ! Papaaa ! râla-t-il avec une grimace de contrariété. Où nous as-tu emmenés ?

— Je peux réveiller la patronne, si vous voulez…

— Oui, s'il vous plaît, j'aimerais assez aller me coucher en fait. Mon père a réservé ce… cette… auberge pour notre séminaire annuel. On est un peu loin du *Cheval blanc* de Courchevel là !

Je levai un sourcil ironique, il s'attendait à un palace… En même temps, vu la caisse, c'était logique. Le gars devait descendre dans des cinq étoiles minimum. Mon regard glissa vers la façade et je me dis que cet hôtel était néanmoins plein de charme : grand bâtiment à colombage sur enduit blanc, sous-bassement en granit rose et grand toit pentu en tuile ronde. Et niveau décoration, Béa avait mis le paquet sur les illuminations autour des fenêtres, des portes et du toit, l'hôtel brillait comme un sapin de Noël.

Je composai le numéro de Béa, tandis que l'homme pianotait d'un air impatient sur la carrosserie de sa voiture. Un quart d'heure plus tard, la patronne du *Cheval blanc* arrivait en trottinant.

— Herr Holz [12] ? Je suis très surprise, je ne vous attendais pas avant demain. Votre père m'avait…

— Je suis confus, Madame. J'ai dû changer mes plans à la dernière minute. Je pensais être accueilli par le veilleur de nuit, mais…

— Oh ! Pas de veilleur par chez nous. Il n'y a pas d'allée et venue la nuit ici, répondit-elle en riant. Vous avez de la chance qu'Anton ait été là. J'ai engagé un vigile pour surveiller vos belles autos.

---

[12] *Monsieur Holz*

Elle lui fit un clin d'œil appuyé en montrant sa Mercédès, auquel il répondit par un sourire hautain et suffisant.

— Prenez vos affaires et garez-vous plus loin, pendant que je vais chercher vos clés !

Je me détournai pour cacher mon envie de rire devant la mine déconfite du gars. S'il s'attendait à un voiturier et à un groom, il allait être servi !

Néanmoins, il s'exécuta avec docilité. Plus tard, je vis de la lumière s'allumer à l'étage. Il avait pris possession de sa chambre.

Le lendemain, j'étais à seize heures devant l'entrée de l'école maternelle, prêt à récupérer Lin. Quand elle me vit, elle me fit un petit signe de la main. J'en profitai pour saluer la maîtresse à qui Chinh m'avait présenté. J'avais acheté un *schneck*[13]. Elle le mangea avec appétit.

Sur le chemin du retour, nous passâmes devant le *Cheval blanc*. Déformation professionnelle oblige, je ne pus m'empêcher de jeter un coup d'œil pour vérifier que tout allait bien sur le parking.

À ce moment-là, je vis une Porsche cayenne blanche complètement garée de travers. Au volant, la conductrice semblait lutter avec son radar pour réaliser correctement son créneau arrière. Les alarmes bipaient en tout sens et je vis la jeune femme paniquer à l'intérieur. Dans un mouvement de stress, elle donna un violent coup de volant pour redresser sa trajectoire, sauf qu'elle allait droit s'encastrer sur la Jaguar d'à côté.

— Holà ! Stop ! criai-je en me précipitant vers la conductrice.

Je l'entendis crier et la vis sursauter. Elle leva les mains en l'air. Sa voiture cala.

---

[13] *Pain aux raisins*

— Bon sang ! Lin, reste-là, tu veux. Je vais aller aider la dame.

Mon intervention avait attiré l'attention d'autres clients qui observaient la scène avec curiosité. Du coin de l'œil, je vis sortir Béa sur le perron de l'hôtel.

— Que se passe-t-il ?

— Rien ! Une cliente a du mal à se garer. Je vais voir…

Je courus jusqu'à la voiture.

— Tout va bien, Madame ? demandai-je à la jeune femme à la Porsche.

— *Es tut mir leid*[14]…

Une jeune femme blonde aux yeux bleus portant d'épaisses lunettes en écaille me répondit d'un air paniqué.

— Je ne parle pas allemand, navré. Est-ce que je peux vous aider ?

— Je suis tellement confuse. Je n'arrive pas à me garer. Mon frère m'a prévenue que je devais le faire moi-même. Seulement, je n'ai pas la place. C'est trop petit. Je n'ai pas l'habitude en plus de cette voiture. C'est celle de mon père. Et…

— Calmez-vous. Tout va bien.

Je ne pus m'empêcher de sourire, car sa gaucherie la rendait attendrissante.

— Voulez-vous que je gare votre voiture ?

Un soulagement intense se lit alors dans les beaux yeux bleus de mon interlocutrice. On aurait dit une biche aux abois ayant trouvé une issue de secours. Elle détacha promptement sa ceinture et descendit du véhicule. Quand je vis qu'elle portait des béquilles, je m'étonnai aussitôt.

— Pourquoi ne pas avoir utilisé la place handicapée ?

— Je ne suis pas handicapée !

---

[14] *Je suis désolée…*

— Pardon, mais…

— Je ne suis pas handicapée, je vous dis !

La voyant devenir rouge de colère, je me tus et pris place sur le siège. En deux mouvements de volant, la voiture était garée en toute sécurité.

— Et voilà !

— Merci. Merci, beaucoup ! Je ne sais pas ce que j'aurais fait sans vous.

— C'n'est rien. J'avais pitié de la pauvre Jaguar.

Je lui tendis ses clés avec un clin d'œil en direction de la voiture d'à côté.

— Vous avez raison. Je ne suis vraiment pas douée.

— Vous n'y êtes pour rien si vous n'avez pas l'habitude.

Elle leva les yeux au ciel en soupirant.

— Papa a décidé que nous devions devenir plus autonomes. Il trouve que nous sommes trop assistés.

Je fronçai les sourcils ne comprenant pas ce qu'elle racontait.

— Oh ! Pardon. Je ne me suis pas présentée. Je suis Lisa Holz. Mon père a réservé cet hôtel pour son séminaire annuel.

Elle soupira encore en observant l'hôtel d'un air inquiet. Exactement la même expression que l'homme de cette nuit. Je commençai à comprendre.

— Je vois. Je crois que j'ai rencontré votre frère hier. Moi, c'est Anton, je suis le vigile.

— Oh ! Enchantée… Dites ? Est-ce que je pourrais encore un peu profiter de votre aide et de vous demander de porter mes bagages ?

Elle me montra ses béquilles d'un air contrit et je lui souris obligeamment.

— Bien sûr !

J'ouvris son coffre et en sortis deux sacs en cuir Lancel. Je les lui amenai jusqu'à l'accueil. Dans le hall, je vis Lin tenant la main de Tamara.

— Salut, dis-je en posant les bagages à terre. C'est gentil de t'être occupée de Lin.

— Tu étais en plein sauvetage…

Elle me sourit avec une lueur espiègle. Je le lui rendis en murmurant un remerciement.

— Oui, c'est le mot ! Je vois que tous les clients de cet hôtel n'ont pas droit au même traitement de faveur !

Je me retournai d'un bloc vers l'escalier d'où descendit le frère de Lisa.

— Bonjour, petite sœur ! Tu as déjà trouvé un bon samaritain à tondre à ce que je vois !

Lisa grogna alors qu'il lui frictionna affectueusement la tête.

— Hum ? Et tu as sorti les béquilles ? Merde, j'aurais dû y penser ! T'es vraiment la plus retorse de nous deux !

— J'ai vraiment mal aux jambes, imbécile, je te signale ! Ne croyez pas un mot de ce qu'il dit, Anton ! Cet homme est un cynique de la pire espèce.

— Anton ? Le vigile, n'est-ce pas ? Je croyais que vous n'étiez pas voiturier ?

Il me toisa avec un air ironique et hautain qui m'énerva.

— C'est exact. Ça ne veut pas dire pour autant que je suis un goujat.

— C'est tout à votre honneur. Je me présente Stefen Holz. Nous sommes amenés à nous croiser cette semaine, je crois ?

— En effet.

— Et cette jeune femme ?

— Tamara Hopfner, minauda-t-elle en papillonnant des cils. Votre masseuse. Nous sommes amenés à nous recroiser cette semaine, je crois.

— Intéressant, murmura Stefen en la détaillant avec intérêt.

Je détournai la tête en serrant mes mâchoires. J'avais une envie folle de lui coller mon poing sur la gueule !

Et il n'y avait aucune raison pour ça.

À part peut-être pour effacer de son visage cet air lubrique qu'il prenait en fixant les seins de Tam ?!

Chapitre 5

Tamara

Stefen Holz.

Je m'en serais presque léché les babines. Pff... Voilà...
Un... Homme !

Je vous fais le tableau : grand, musclé, brun, yeux bleus,
mâchoire carrée, sourire charmeur. Le bougre était conscient
de son pouvoir de séduction. Ça tombait bien. Moi aussi
j'avais confiance en mon sex-appeal. J'étais sûre à cet instant
précis que nous deux, ça allait faire des étincelles.

— Mes services sont à la carte de l'hôtel, susurrai-je de ma
voix de séductrice. Vous n'avez qu'à réserver votre soin et je
suis toute à vous.

— Hum ! Hum !

À côté de moi, je sentis Anton se raidir de la pointe des
orteils à l'extrémité de son crâne. Il se racla la gorge avec une
telle brusquerie que je détournai la tête vers lui. Il était livide,
les lèvres serrées, les yeux orageux. Je clignai des paupières
pour l'interroger silencieusement.

— Laisse ces gens s'installer, Tam. Tu auras tout le temps
d'exposer l'étendue de tes talents à la présentation de ce soir !

Je fronçai les sourcils.

— Tout le personnel sera présent auprès de Madame Kolb pour accueillir les invités du séminaire, dit-il à l'attention de Stefen et Lisa. En attendant, bonne installation. Ah tiens ! Voilà Bella qui arrive pour s'occuper de vous.

D'autorité, il me prit la main et me tira vers la sortie. Je tenais de mon autre main celle de la petite Lin qui fit un bond, tellement Anton nous tira avec force.

— Eh ! Doucement !

Il se rembrunit en se rappelant l'existence de sa fille. Il lui adressa un sourire réconfortant. Sur le parking, il me poussa vers ma petite Fiat.

— Rentre à l'intérieur de la voiture Lin, tu veux bien ? Je dois parler avec Tamara.

Elle s'exécuta aussitôt en ouvrant la portière pour se mettre sur le siège passager. Je me tournai vers lui plus furieuse que jamais. Du doigt, je le poussai contre la carrosserie.

— Tu peux m'expliquer ce qu'il te prend au juste ?

Je lui fis face les poings sur les hanches.

— Ce qu'il *me* prend ? Non, mais enfin, tu rigoles ? Tu t'es à moitié prostituée devant ce mec ?

— Quoi ?

— Vous n'avez qu'à réserver votre soin et je suis toute à vous, m'imita-t-il avec une voix haut perchée.

— Je suis là pour faire du business ! Je ne suis pas salariée comme toi. Il faut que je donne de ma personne.

— Arrête ton char ! Donner de sa personne ne signifie pas suggérer à son client de lui tailler une pipe !

— Je n'ai jamais dit ça !

J'avais hurlé si fort que Lin avait sursauté sur son siège.

— Je ne suis pas une pute, lui murmurai-je en me collant à lui avec défi. Et ce n'est pas parce qu'un soir, je t'ai laissé me toucher que ça te donne des droits sur moi. Je me comporte de la manière qui me plaît. Et tu n'as aucun commentaire à faire. Compris ?

Je plongeai mes yeux dans les siens afin de bien lui faire comprendre ma pensée. Pour qui se prenait-il pour me juger ainsi ? Cependant, je me rendis compte à son expression, qu'il bloquait sur mes lèvres. Il ne m'écoutait plus du tout. Je m'étais tant approchée de lui que je n'étais plus qu'à quelques centimètres de son visage. Ses yeux quittèrent ma bouche. Et une nouvelle fois, je reçus un choc au cœur en contemplant leur expression. Un désir animal le tourmentait et il semblait lutter pour ne pas y succomber. Son regard semblait si vulnérable dans ce combat intérieur que ma fureur tomba d'un coup. Mes yeux glissèrent à mon tour sur ses lèvres un peu plus gonflées qu'à l'ordinaire. Une bouffée de chaleur me gagna au souvenir de ses baisers dans ma cage d'escalier. Je retournai à son regard. Ses prunelles noires étaient comme deux lasers. Nous nous mesurâmes. Je luttai également.

Il ne fallait pas. J'avais dit qu'il ne me plaisait pas. C'n'était qu'un paumé et…

Trop tard.

Ses lèvres étaient sur les miennes. Je soupirai d'aise et de contentement en ouvrant ma bouche pour l'accueillir en moi. Je nouai mes bras autour de sa nuque et me pressai contre lui en ronronnant. *Scheize*[15] ! Je ronronnais vraiment en plus ! Qu'était-il en train de faire de moi, je ne l'aimais même pas ?!

Il passa doucement ses mains sur mon dos, ma nuque et dans mes cheveux. Il les empoigna délicatement en tirant un peu dessus. Je couinai. *Verdammi* ! Qu'est-ce que j'étais en train de faire ? *La ferme, la petite voix de ma conscience !*

Je passai mes mains dans ses cheveux et je respirai son odeur. Il sentait bon : le savon et le cuir. Et je m'abandonnai. Littéralement. Je l'embrassai sans me presser, comme si

---

[15] *Merde !*

j'avais l'éternité devant moi, et que le paradis ressemblait à ça : embrasser Anton avec méthode, d'un côté, puis de l'autre, en tournant ma langue de droite, puis de gauche. C'était tellement bon. Encore. Encore un peu et j'arrête. Juste une minute et je…

Bam.

Nous sursautâmes en nous séparant, les yeux embués, les lèvres gonflées, ailleurs.

— Papa ! Papa ! J'ai envie de faire pipi.

Lin avait le nez collé à la vitre avec un petit rictus de souffrance.

— Oh ! Oui ! Pardon, ma puce ! J'arrive. On rentre chez mamie tout de suite.

— Je peux la déposer si tu veux ?

Anton passa sa main sur sa nuque. Il n'arrivait pas à me regarder dans les yeux.

— Heu ?

Lin faisait oui de la tête avec empressement.

— OK. C'est d'accord. Je vous retrouve là-bas.

— Monte avec nous.

— Non.

Il avait presque crié. Je le fixai avec étonnement.

— J'ai besoin de marcher, je te retrouve chez les Chang. À tout de suite, *Harzele*.

Il partit d'un pas rapide, le dos raide. Je pris place dans ma voiture en lançant un sourire confiant à Lin. Elle trépignait en malaxant ses petites mains.

— Je fais vite, *Mikele*[16]. Ne t'inquiète pas !

Je démarrai rapidement, pris à gauche après le parking et dépassai Anton qui marchait sur le trottoir. Nos regards se

---

[16] *Petite mouche*

croisèrent l'espace d'une seconde, intenses et sombres. *Verdammi* ! Qu'est-ce que je venais de faire ? Sérieusement ? L'embrasser comme ça sur un parking et devant sa fille en plus. Je glissai un coup d'œil vers la petite qui semblait plus préoccupée par les toilettes qu'autre chose. Parfois, j'étais vraiment la dernière des connes. Je m'étais promis qu'Anton n'était qu'un coup d'un soir. Et à la première occasion, je remettais ça ! Mais qu'est-ce qui m'avait pris ? Ce garçon ne m'intéressait pas ! Je ne le trouvais même pas sexy ! Quoi que… Non ! J'avais dit non ! Je donnai un coup de poing sur mon volant. Il fallait mettre un terme à tout ça très vite.

Pense à Stefen Holz ! Voilà un objectif intéressant et constructif ! Il est beau, riche et je suis sûre bien monté !

— Ça veut dire quoi « bien monté » ?

Je tournai la tête vers Lin avec une expression d'horreur. Est-ce que je m'étais exprimé à haute voix ? *Im Gottes Will*[17] ! Je devenais folle.

— Bien construit, bien fait, comme un jeu de Lego, si tu veux.

Lin me regarda avec circonspection.

— C'est juste une expression !

Je me stationnai devant le restaurant asiatique avec soulagement. Vite. Rendre la petite à ses grands-parents. Et fuir, car je commençai à débloquer.

— Voilà, on est arrivée. Allez, file aux toilettes !

Je descendis pour ouvrir à Lin et l'escorter jusqu'au restaurant.

— Anton arrive ! prévins-je Madame Chang. J'ai déposé Lin qui avait une grosse envie de pipi.

— Merci !

— De rien !

---

[17] *Par le Seigneur !*

Et hop, je me retournai pour filer illico chez moi, j'habitai à deux bâtiments de là. Mais dans ma précipitation, je me heurtai de plein fouet à un torse dur.

— Ouche !

— Excuse-moi. Je courais et…

— C'n'est rien, c'n'est rien…

Fébrilement, je me reculai pour fuir sa chaleur.

— Tam ! Pour tout à l'heure…

— C'n'est rien, c'n'est rien je te dis…

— Je…

— Écoute Anton, on n'va pas en faire un plat. OK ? On est amis, n'est-ce pas ?

— Oui… Oui…

— Alors, restons-en là.

Je poussai la lourde porte cochère de mon immeuble et m'engouffrai dans l'escalier. À bout de souffle, je claquai la porte de mon appartement et m'adossai contre elle, le souffle court et le cœur battant. *Dunderwadel* !

Mais que m'arrivait-il ? Pourquoi je me sentais aussi… hypersensible ? Je touchai du bout des doigts mes lèvres. Je fis passer ma langue dessus, comme pour me rappeler de la saveur des siennes… chaudes, douces, humides, mais pas trop. Non ! Non. Non. Et non ! Il fallait vraiment que j'arrête de divaguer comme ça ! Je n'étais plus une adolescente victime de ses hormones, tout de même ? J'étais capable de me maîtriser ! Est-ce que je devais une nouvelle fois me rappeler à moi-même que j'avais des objectifs ? Et qu'en l'occurrence le dernier en date mesurait un mètre quatre-vingt-dix et un compte en banque extrêmement bien garni ? Je cognai l'arrière de mon crâne contre le battant de ma porte comme pour y faire entrer ce mantra.

— J'ai un nouvel objectif, il mesure un mètre quatre-vingt-dix et a un compte en banque extrêmement bien garni. J'ai un nouvel objectif, il mesure un mètre quatre-vingt-dix et a un compte en banque extrêmement bien garni. J'ai un nouvel objectif, il mesure un mètre quatre-vingt-dix et a un compte en banque extrêmement bien garni ! Ouf. Ça va mieux !

Je me relevai ragaillardie par cette petite séance d'autosuggestion. Je ne comprenais pas pourquoi Anton me faisait cet effet-là, mais ce qui était sûr, c'était que ce n'était rien d'autre que la chimie pure. Et je maitrisais cela par cœur ! J'allais diriger cette énergie sexuelle vers Stefen, qui à mes yeux avait un plus gros potentiel. *Bien.*

Cela étant dit, je me décidai à mettre toutes les chances de mon côté et faire la meilleure impression possible pour ce soir. Je me préparai donc avec soin : gommage, hydratation, crème pailletée pour illuminer ma peau, lissage parfait de mes cheveux, petit raccord vernis à ongles, mais je n'étais déjà pas très loin de la perfection, eye-liner pour accentuer mes yeux de chat, gloss brillant, blush sur mes pommettes. La mise en beauté était OK. J'enfilai ma petite robe noire moulante que je sortais aussi bien aux enterrements qu'aux rendez-vous professionnels. J'étais à tomber avec mes stilettos. Je fis un doigt d'honneur à mon reflet dans le miroir.

— Et non, Anton, je ne suis pas une escort girl ! Et quand bien même je décidais de l'être, tu n'aurais rien à y redire !

Je m'adressais à moi-même un grand sourire victorieux. Je me sentais prête à conquérir le cœur de l'héritier des entreprises métallurgiques Holz.

Béa avait réservé le jardin d'hiver du restaurant afin d'accueillir la délégation Holz. Il y avait les membres du conseil d'administration et ceux de la direction opérationnelle, le tout totalisait vingt personnes. Sur cinq jours de séminaire, je n'allais pas chômer s'il fallait accorder des soins à chacun d'entre eux. Maman était à mes côtés et je voyais qu'elle aussi espérait ne pas désemplir son salon de coiffure.

— Messieurs et Mesdames des entreprises *Kohl Metallverarbeitung*, je vous adresse nos vœux de bienvenue au nom de toute l'équipe du *Cheval blanc*, commença Béa dans un allemand parfait. Nous sommes ravis de vous recevoir et nous mettrons tout en œuvre pour votre plaisir et votre bien-être. Comme vous le savez peut-être déjà, mon mari Bertrand Kolb exerce son talent en cuisine depuis plus de trente ans maintenant. Sa renommée dépasse nos frontières et nous sommes très fiers de lui. Il travaille avec les meilleurs producteurs locaux, je ne les citerai pas tous, néanmoins je ne peux m'empêcher de mentionner le volailler Ian Muller — mon gendre — et les vignerons Lang pour leurs vins d'Alsace. Nous accueillons d'ailleurs dans nos cuisines William notre commis, le fils de Christian Lang. Il est présent parmi nous pour vous présenter sa carte si vous souhaitiez lui commander du vin. Ma fille Bella me seconde chaque année pendant la période de Noël. N'hésitez pas à faire appel à elle, si vous n'arriviez pas à me joindre. Enfin, nous avons établi un partenariat avec le salon de coiffure et d'esthétique Chantal Hopfner. Ces dames se feront un plaisir de répondre à toutes vos demandes en matière de bien-être : massage, soin du visage, coiffure, réflexologie. Elles sont toutes deux expertes dans ces domaines.

Je souris aimablement à la cantonade. Toutefois je ne pus m'empêcher de lâcher un coup d'œil à Anton au fond de la salle avec qui j'échangeai un regard de connivence, de gêne et de défi.

— Afin d'animer votre séjour, s'exclama Bella en prenant la parole, nous vous avons préparé un programme de visites : demain un guide vous emmènera dans les Vosges pour une randonnée en pleine nature, mercredi vous ferez une dégustation de vins d'Alsace auprès de Monsieur Lang, jeudi mon père animera un atelier pâtisserie autour de la confection de *bredele*[18], vendredi se tiendra le marché de Noël annuel de Niederschwiller sur le parvis du restaurant, samedi aura lieu votre gala de clôture.

— Et bien sûr, tous les membres du personnel parlent couramment allemand, conclut Béa avec un sourire très professionnel.

— Pas tous !

Tous les regards se tournèrent vers Stefen Holz, qui pivota sur sa chaise pour désigner Anton du menton. L'intéressé rougit légèrement d'être sous le feu des projecteurs.

— Oh ! Oui, effectivement, notre vigile Anton ne comprend pas l'allemand. Mais il n'est pas étranger à notre village puisque sa maman est originaire de Niederschwiller. Il saura vous renseigner si vous avez des questions sur la région. Il est le cousin de William et le neveu de Christian Lang. Vous voyez, ici nous travaillons en famille ! Vous êtes entre de bonnes mains.

Je fis les marionnettes avec mes doigts, ce qui eut pour effet de faire rire mes futurs clients. J'en profitai donc pour me présenter ainsi que ma mère. Au fur et à mesure de mon speech, je voyais le visage des femmes rayonner. Elles gloussaient de plaisir à l'idée de prendre rendez-vous. Satisfaite je me tournai vers les hommes.

— Messieurs, avec ma mère nous offrons une prestation complète, du barber shop au soin de la peau. Je suis formée au massage californien pour dénouer toutes vos tensions. Alors, n'hésitez pas à nous solliciter.

Mon regard glissa sur Stefen qui me mangeait des yeux, sa langue balayant ses lèvres avec envie. Bien. J'avais réussi mon petit effet. Je lui souris en papillonnant des cils avec élégance. Mon instinct me souffla cependant de surveiller le fond de la salle. Anton dardait sur moi ses prunelles noires si

---

[18] *Petit biscuit de Noël*

magnétiques. Mon sourire mourut sur mes lèvres. Je lui adressai une œillade menaçante à laquelle il se déroba en accordant son attention à son oncle qui commença la présentation de son activité viticole. Quand chacun des intervenants eut fini son discours, nous passâmes au pot de bienvenue.

— Eh bien, Tamara, je crois que je vais vous réserver une heure de massage tous les jours afin de survivre à ce programme d'activités.

Je ris d'un rire de gorge très suave. J'étais diabolique.

— Mais avec grand plaisir Stefen…

— Dis Stefen ? nous interrompit sa sœur Lisa. Tu penses que je pourrais demander à Anton de m'accompagner demain à la rando. Papa ne veut rien savoir. Il veut que je vienne avec vous. Franchement avec mes béquilles, c'est d'un pratique !

— Vas-y, petite sœur, je pense que ton petit sherpa n'attend que ça !

Je me tournai vers Anton et croisai son regard. Stefen faisait fausse route. Ce n'était pas pour Lisa qu'il nous observait, mais pour moi. Je sentis une puissante montée d'adrénaline pulser dans mes veines à l'idée qu'il soit jaloux. Un sourire carnassier naquit sur mes lèvres tandis que je le défiais en me rapprochant de Stefen. Ses yeux noirs lancèrent des éclairs, sa mâchoire se contracta. J'avais vu juste !

Toutefois mon triomphe fut de courte durée, quand je le vis sourire à Lisa de ce sourire éblouissant qui faisait exploser mon cœur. Il acquiesça à sa demande en touchant son bras avec sollicitude, ce à quoi la petite garce répondit en posant sa main sur son torse. *Jesses gott im Himmel*[19] ! J'allais lui crever les yeux, *diese Hax*[20] !

---

[19] *Jésus, Dieu du Ciel !*

[20] *Cette sorcière !*

Chapitre 6

Anton

Le moins qu'on puisse dire, c'est qu'elle ne me facilitait pas la tâche ! Cet après-midi, déjà, je m'étais flagellé comme pas possible après l'avoir embrassée sur le parking.

Ne m'étais-je pas promis, il y a encore peu, de ne plus la choper ? Et devant ma fille en plus ! Ne m'étais-je pas promis de m'acheter une conduite, pour lire de la fierté dans les yeux de Lin ?

Ah bon sang ! Si encore je savais ce qu'il m'avait pris ? Je comprendrais ! Pff...

Mon regard glissa vers Tamara qui faisait une brillante présentation de son salon sur la petite estrade. Elle était à l'aise, sûre d'elle, avec ce qu'il fallait d'humour et de dérision pour séduire toute l'assemblée.

Sa tenue. Sa tenue. Sa tenue ?

Elle était toute en noire, de ses cheveux de jais à ses bas en passant par sa robe moulante et ses talons aiguilles haut perchés.

Voyons ? Comment la décrire ? Sexy. Excitante. Bonne. Méga bonne... Bon sang ! Et j'avais le culot de me demander pourquoi j'avais cédé à la tentation cet après-midi, franchement ? Elle était si belle que j'étais au bord de l'implosion. En permanence. Comme à cet instant précis où elle se dandinait devant l'Allemand. Qu'elle lui file son zéro six et qu'on n'en parle plus ! Ça me rendait fou qu'elle le chauffe à ce point ! N'avait-elle donc aucune dignité ? Perdu dans mes sombres pensées, je ne vis pas arriver Lisa Holz à ma hauteur.

— Anton ? J'ai un service à vous demander. Mais surtout, ne vous sentez pas obligé. Si vous n'êtes pas disponible, il faut juste me le dire.

— De quoi s'agit-il ?

— Mon père souhaite que je participe à l'expédition sur le Fleckenstein, demain. Or, j'ai horriblement mal aux jambes. Est-ce que vous accepteriez de m'accompagner ? Ça me rassurerait beaucoup. Vous avez été si gentil avec moi, aujourd'hui.

— C'est que je suis en repos la journée.

— Oh ! Mince ! Je n'y avais pas pensé… Tant pis alors ?

J'étais sur le point de décliner poliment quand un petit diable m'incita à jeter un coup d'œil à Tamara. Son visage était crispé par la colère, elle me fusillait du regard en serrant ses poings contre ses cuisses. La fureur qui émanait de son corps était si perceptible que je crus qu'elle allait entrer en combustion. Mû par une inspiration sadique, je me tournai vers Lisa et avec mon plus beau sourire, je lui confirmai ma présence.

— Oh ! Merci ! s'exclama Lisa en prenant appui sur moi.

D'instinct je saisis sa taille pour rétablir son équilibre. Cette fille avait vraiment un problème pour se tenir debout.

— *Ah yo*[21] ! Vous savez quoi, Stefen ? Je crois que je vais venir avec vous à la randonnée si vous n'y voyez pas

---

[21] *Eh bien !*

d'inconvénient ? s'exclama Tamara si fort que toute l'assemblée interrompit ses bavardages l'espace d'une seconde.

— Mais avec plaisir, ma chère Tamara, plus on est de fous, plus on rit !

Nos regards se soudèrent au-dessus de la foule. Il y avait du défi et de la tension, beaucoup de tension. OK. Elle voulait jouer à ce jeu-là. Eh bien ! J'étais prêt à jouer !

Après avoir partagé quelques verres avec les membres du séminaire, je pris congé pour prendre un peu de repos avant la nuit de garde qui m'attendait.

Sur le parking, je fus à peine surpris de trouver Tamara, escorté de son milliardaire, en train de chercher les clés de sa voiture. Lui dans une attitude séductrice, se tenait d'une main contre la carrosserie, dominant Tam d'un air prédateur.

Je serrai mes poings de fureur et m'obligeai à regarder droit devant pour rejoindre ma fourgonnette. Je déverrouillai ma portière et lançai malgré moi une œillade assassine au couple qui s'énamourait. Stefen avait incliné la tête pour embrasser le cou de Tam à la naissance de son oreille. Elle sourit de ses belles lèvres pulpeuses, leva les yeux vers moi et les souda aux miens dans une attitude provocatrice. Sans crier gare, je frappai sur le toit de ma voiture et m'engouffrai à l'intérieur.

— Putain !

Je démarrai et passai les vitesses avec rage. Je devais faire attention autrement cette fille allait me rendre complètement dingue. Je devais garder la tête froide, car au jeu du chat et de la souris, je n'étais pas du tout sûr d'avoir le rôle du chasseur, en l'occurrence.

Le lendemain, nous avions rendez-vous sur le parking du Fleckenstein à quatorze heures. Mère nature nous avait fait un petit cadeau pendant la nuit, un joli manteau de neige recouvrait le décor de poudreuse bien fraîche.

Perdues au milieu des Vosges, dans un panorama sauvage et inhabité, les ruines du château de Fleckenstein se dressaient sur le promontoire de granit rose sur lequel elles reposaient. Pour l'histoire, ce château médiéval avait été érigé au douzième siècle sous l'Empire romain germanique. Il fut détruit au dix-septième siècle sur ordre de Louis XIV. Il est le deuxième château le plus visité d'Alsace après le Haut-Koenigsbourg.

Je tapai mes bottes contre le sol pour me réchauffer, car la température avait à peine passé les zéro degré. Bientôt cinq berlines de luxe me rejoignirent : Porsche, Audi, Tesla, Rover et Chevrolet. Je grognai de satisfaction en voyant que Holz n'avait pas pris son roadster. Eh oui ! Ce genre de petit bolide n'était pas du tout adapté pour ces routes de montagne enneigées. Des portes claquèrent en écho et tous les participants se regroupèrent autour de moi. Nous nous saluâmes d'un signe de tête. Je me sentis un peu intrus parmi ces riches touristes. Mais ma gêne s'évanouit quand Lisa se hissa vers moi avec ses béquilles, un grand sourire aux lèvres. Au moins quelqu'un était content de me voir. Je lui fis la bise, elle sembla surprise, mais heureuse.

— Votre frère n'est pas là ?

— Si ! Il se chausse dans le coffre du Cayenne.

Effectivement, je vis deux têtes sortir de l'habitacle, Stefen et Tamara, emmitouflés dans d'épaisses doudounes. Je me retins de lever les yeux en l'air. OK, il faisait froid, mais on n'était quand même pas en Alaska.

— Tu vas me lâcher ces béquilles à la fin ?

Lisa sursauta à la réprimande bourrue de son père. Elle piqua un fard et se cacha dans son écharpe. Elle alla donner ses béquilles à son frère qui les rangea dans le coffre. J'étais vraiment perplexe. Je trouvais la famille de Lisa très dure avec elle, surtout compte tenu de son handicap. Elle revint vers moi avec un sourire d'excuse.

— Papa pense que je simule, que je me complais dans mon état et que mes douleurs sont imaginaires, s'expliqua-t-elle avec une grimace.

— Ben ! Il faut dire que ta maladie est très sélective, petite sœur, ajouta Stefen en passant un bras sur les épaules de Tam. Quand tu pars avec tes copines en voyage autour du monde, tu trottines comme un lapin et dès que tu rentres à Stuttgart, tu es percluse d'arthrose et tu ne peux plus rien faire… C'est étrange.

J'avais à peine écouté, car mon regard demeurait fixé sur Tam qui se lovait contre son cavalier. Ça en était déjà là entre eux deux ? Ils avaient couché ensemble cette nuit ? Quand je les avais quittés hier soir, je pensais qu'ils flirtaient… Visiblement Tamara était passée à la vitesse supérieure. Je captai son regard essayant de la sonder. Elle me sourit avec arrogance. Je serrai les dents. Purée ! Je devais arrêter ! Je devais vraiment cesser de faire une fixette sur elle ! Qu'elle aille au diable ! Dans un mouvement d'humeur un peu puéril, je me rapprochai de Lisa et posai une main sur son épaule.

— C'est bien connu que l'humidité amplifie les rhumatismes. Je ne pense pas que Stuttgart soit connue pour son climat ni son soleil, non ?!

Lisa me contempla avec des étoiles scintillant dans ces beaux yeux bleus. J'étais son prince charmant, son preux chevalier, son sauveur. Pas moins que ça. Je toussotai pour reprendre contenance, un peu gêné d'être l'objet de son admiration.

En face de moi, je perçus la tension dans le corps de Tam, car elle s'était légèrement écartée de Stefen. OK. On reprenait le jeu de la veille ? Très bien, la demoiselle allait être servie ! Je passai ma main le long du dos de Lisa pour l'inviter à se rapprocher du guide, qui commençait son discours.

— Allons-y. il y a une centaine de mètres d'ascension un peu abrupte avant le château. Prenons de l'avance, je vais vous aider.

Je lui tendis mon bras sur lequel elle s'appuya. Je me retournai vers Tam en lui décochant le même sourire provocant qu'elle m'avait fait plutôt. Un partout, ma belle ! Nous fûmes très rapidement rattrapés par le peloton qui s'était formé autour du guide. En passant devant nous, Tam bouscula Lisa qui trébucha. Je la retins *in extremis*.

— Pardon ! dit-elle sans se retourner.

Mes yeux se réduire à deux fentes menaçantes. C'était une attaque indigne, même venant d'elle. Elle ne perdait rien pour attendre ! Nous continuâmes notre ascension, mais le pas de Lisa était si lent que nous fûmes bientôt distancés par les autres.

— De quoi souffrez-vous au juste ? De polyarthrite ou quelque chose de ce genre ?

Elle soupira en levant les yeux au ciel.

— Rien de tout cela… Malheureusement, j'ai envie de vous dire. Mes genoux gonflent et rougissent sans explication. Parfois c'est à cause du froid, parfois à cause de la chaleur, parfois à cause de l'effort, parfois à cause du stress. J'ai vu une quantité de spécialistes et personne n'a jamais su me dire de quoi je souffrais. Papa et Stefen ont fini par me soupçonner de feindre. Mais ce n'est pas le cas.

— Je vous crois, moi. On voit bien que vous boitez.

Elle haussa les épaules.

— Je vis avec.

— *Also*[22] ! Vous venez ou quoi ?!

---

[22] *Alors*

Nous levâmes la tête vers le groupe qui nous attendait. Tam tapait nerveusement du pied contre le sol, les bras croisés sur la poitrine.

— Il faudrait penser à mettre le turbo ! Nous n'allons pas y passer la nuit !

Je fusillai Tam du regard. Mais je remarquai qu'elle avait le soutien tacite du groupe qui s'impatientait aussi. Sur une impulsion, je soulevai Lisa de terre en la prenant dans mes bras. Évidemment, ce geste nous valut des sifflets et des applaudissements. En petites foulées, je rejoignis le groupe avec Lisa accrochée à mon cou.

— Eh bien ! Quel homme ! s'exclama une femme de l'assemblée.

— *Ah yo* ! Si maintenant il faut être éclopée pour avoir les attentions d'un homme ! maugréa Tam en prenant Stefen par la main pour prendre la tête de la file.

J'échangeai un regard compatissant avec Lisa.

— C'est faux en plus. Vous êtes assez jolie pour obtenir tous les compliments que vous voulez.

Lisa rosit véritablement de plaisir. J'étais sincère. Je la trouvais mignonne. Je n'avais pas pitié d'elle. En revanche Tam grogna une réponse inintelligible d'un air mauvais et revêche. Dire que je me délectais de son minois renfrogné était un euphémisme. Je prenais vraiment mon pied. Ce qui me causait plus de déplaisir, c'était l'agressivité à peine voilée dont elle faisait preuve envers Lisa. Celle-ci eut toutes les peines du monde à atteindre la première terrasse. Épuisée, elle s'affala sur un petit muret de pierre.

— Ça va ?

Elle était blanche et à bout de souffle.

— Oui, ça va. Mais je suis exténuée.

— Vous voulez un peu d'eau ?

— J'ai ce qu'il me faut, merci beaucoup.

Je notai que les autres poursuivaient la visite, sans se retourner. Je me massai la nuque.

— Restons ici. Ils repasseront par-là de toute façon.

— Oh non ! Ne vous privez pas de la balade pour moi. Allez-y ! J'attendrai sagement, ne vous inquiétez pas…

— Oh ! Vous savez ! Je n'ai pas besoin de visiter, je connais ce château par cœur. J'y suis venu des dizaines de fois dans mon enfance.

— Vous êtes Alsacien ?

— Par ma mère. Elle est originaire de Niederschwiller. Mais j'ai grandi dans le pays basque. Mon père y a une exploitation maraîchère.

— Hum… moi je n'ai vécu qu'à Stuttgart. Enfin, je veux dire en dehors de mes voyages. J'ai fait un an d'échange scolaire à Paris.

— Vous connaissez bien la France, alors ?

— Un peu. J'adore y séjourner.

Nous discutâmes ainsi pendant près d'une heure, le temps que le groupe fasse le tour du château. Quand nous les aperçûmes enfin, nous avions parlé de notre enfance, de nos années d'études, de nos voyages et de nos passions. Nous étions tout sourire et parfaitement détendus. Ce qui n'était manifestement pas le cas de Tam qui se planta devant nous.

— Ça va ? Pas trop fatigués ?

— Si justement, c'est pour ça qu'on s'est arrêtés. Lisa était épuisée.

— Ben voyons ?!

— Si je t'assure.

— Dites plutôt que vous vouliez être seule avec lui. Ce sera plus honnête !

— Non, pas du tout ! se défendit Lisa. Je lui ai même dit de vous rejoindre.

Tam souffla avec exaspération.

— Je n'allais pas la laisser seule ici.

— Oui, alors, toi, n'en rajoute pas ! Je vois très clair dans ton jeu. Tu essaies de me rendre jalouse, mais dis-toi bien que ça ne marche pas du tout, mais alors pas du tout. Parce que si tu crois que j'en ai quelque chose à faire de ta gueule, tu te goures ! Tu peux te le mettre bien profond si tu veux mon avis ! Je peux avoir les mecs que je veux. Tu ne représentes rien. Rien. Rien…

D'un bond, je me levai et lui empoignai le coude pour l'isoler, car elle était tout bonnement en train de se ridiculiser.

— Tu veux bien me dire ce qui t'arrive, grognai-je en la dissimulant derrière un arbre.

— Rien, je te dis ! hurla-t-elle en se dégageant

— Tu te comportes comme une folle hystérique, tu rigoles ou quoi ?

— Pas du tout !

— Tu plaisantes ! T'es hyper agressive envers Lisa. Et tu viens juste de me faire une scène devant tout le monde.

— Cette fille me tape sur le système ! Je l'ai cernée depuis le début cette sale petite sainte Nitouche, chétive et binoclarde. Je les connais par cœur ces filles-là ! Ce sont les pires ! Sous leur air timide de vierge effarouchée, ce sont les premières à vous voler vos mecs ! Ah ! Elles savent y faire : elles font vibrer votre corde du mâle protecteur et vous tombez dans le panneau, parce que vous êtes des abrutis !

— Bordel, mais de quoi tu parles ?

Je l'observai avec incompréhension. Elle était comme en état de choc à faire de grands gestes et à crier.

— Mais de Bella ?! Lisa ?! Ce sont les mêmes ! De vraies garces manipulatrices !

— Hein ???

Et puis soudain, j'eus une révélation. Je repensais au récit que m'avait fait Will des péripéties de mariage entre Tamara et les Muller. Je la plaquai alors de mon corps contre le chêne qui nous dissimulait des autres et saisis son menton entre mes doigts pour qu'elle cesse de gigoter.

— Tam ?

— Lâche-moi.

— Tam ? Tu m'écoutes ?

— Arrête…

— Tam. Je. Ne. Suis. Pas. Ian. OK ?

Elle s'immobilisa comme prostrée en me fixant.

— Et Lisa n'est pas Bella.

Elle déglutit avec difficulté. Ses yeux se mirent à briller comme des diamants. Je replaçai une mèche de ses cheveux derrière son oreille. Sa lèvre se mit à frémir. Je la caressai du pouce pour en calmer les spasmes. Elle papillonna des cils cherchant à m'éviter.

— Regarde-moi.

Dans le mouvement qu'elle fit quand elle leva les yeux vers moi, une larme glissa sur sa joue.

— Tam ? De quoi as-tu peur ?

Je l'essuyai de mon pouce et pris son visage en coupe. Sa détresse me prit aux tripes. Cette fille aussi vénéneuse qu'une veuve noire se liquéfiait dans mes bras. Sa vulnérabilité me touchait au plus profond de moi.

— Je ne sais pas… C'est difficile à exprimer. Tu me fais du bien. Tu m'apaises.

Je passai mes bras le long de son dos et la serrai contre moi.

— Et je n'ai pas envie de… de te partager.

— Et donc… qu'est-ce que tu proposes ?

— J'n'en sais rien.

— Tu veux qu'on…

— Non ! s'écria-t-elle en posant un doigt sur ma bouche. Ne dis rien, ça va tout gâcher.

Je fronçai les sourcils d'un air perdu.
— Et si on essayait l'amitié ?
— Quoi ?

Chapitre 7

Tamara

— Je… je n'ai pas envie d'un truc romantique, tu vois ? Je… je crois que j'ai besoin d'un ami. D'un vrai ami.

Le visage d'Anton se décomposa entre perplexité et déception.

— Wouah ! Un ami ? Je ne suis pas sûr… Tu me fais beaucoup d'effet, je ne suis pas certain d'arriver à mettre de la distance.

Ses yeux se voilèrent. Il admira la ligne de mon visage, de ma bouche, de ma gorge. Mon cœur se mit à battre plus vite. Je fixai ses lèvres que je savais fermes, douces, au goût de lui. Mes bonnes résolutions s'envolèrent. Au diable l'amitié ! Je me hissai sur la pointe des pieds et posai mes lèvres sur les siennes. Il m'accueillit en présentant sa langue contre la mienne. Elles dansèrent l'une contre l'autre sur la musique de nos soupirs et de nos gémissements. Nos salives se mélangèrent pour former un cocktail aphrodisiaque que je bus comme une toxico. Et puis soudain, il me repoussa.

— Non !

— Quoi ? Non.

— Merde, Tam ! Il faut savoir ce que tu veux ! Un plan cul ? Une relation romantique ? Ou de l'amitié ? Putain ! Tu me retournes le cerveau ! Je ne sais plus où j'en suis moi ! je n'ai pas le temps pour ces conneries ! OK ? Je suis là pour me consacrer à ma fille. Je dois absolument rester concentré sur cet objectif… et toi ? … et toi ? Eh bien tu me distrais ! Et je n'ai pas besoin de ça ! Ma vie est assez compliquée comme ça, Tam ! Je n'ai pas besoin que tu rajoutes du Drama au Drama, OK ? Règle tes problèmes avec Ian, Matthias, Stefen et tout le genre masculin en général, mais pitié, laisse-moi en dehors de ça !

Je le regardai rejoindre Lisa la mort dans l'âme. Je faisais n'importe quoi. Quand au terme de la balade, je les avais surpris tous les deux plus complices que jamais, leur tête collées l'une contre l'autre, en train de rire comme des enfants, mon sang s'était retourné dans mon corps. Je voulais être à la place de cette fille. Je voulais être sur ce muret en train de rire avec lui. Je voulais cette connexion que je sentais entre eux. Et cela m'avait fait si mal. Ç'avait été comme si on me dépeçait le cœur avec un objet rouillé. Un goût de fer s'installa dans ma bouche. Je fermai les yeux avec force. J'étais perdue. Je voulais son amitié, c'était vrai, mais je voulais aussi ses baisers, ses étreintes, sa passion que je sentais pulser en lui. Je voulais tellement plus à cet instant précis que je pris peur. Ce que je devinais s'immiscer dans mon cœur me fit peur.

Je me secouai et me morigénai avec force. *Dunderwadel* ! Tu fais quoi là ? T'as le béguin pour ce type ou quoi ? Sérieusement, Tam ? Un vigile de parking, père célibataire sans domicile fixe, un gamin ? C'était ça que tu voulais pour ton avenir ? Je bâillonnai sans ménagement la petite voix de ma conscience qui me murmurait « oui » de manière lancinante.

Non ! Je devais me rappeler que non. Je m'étais fixé un cap. Qu'est-ce que c'était déjà ? J'avais un nouvel objectif, il mesurait un mètre quatre-vingt-dix et avait un compte en banque extrêmement bien garni. Du coup l'existence de Stefen se rappela à ma mémoire. *Verdammi* ! Je l'avais laissé en plan pour faire une scène à Anton. *Verdammi* ! *Verdammi* ! Je me précipitai sur le parking où tout le monde s'était rassemblé pour reprendre la route.

— Tout va bien ? s'inquiéta Stefen. Il y a un souci avec ma sœur ? Je vous ai vue vous disputer avec elle et le vigile ?

— Oh non ! Pas du tout ! J'étais fâchée parce que je l'ai cherché pendant près d'une heure alors qu'il était resté assis tout ce temps. Je vous jure ! Quel feignant. Tu penses être en sécurité… Ah… Tu parles, d'un garde du corps !

— Il y a un souci ? Vous vous êtes fait agresser ?

— Non absolument pas. J'ai cru avoir perdu mes clés de maison, mais elles étaient dans ma poche. Quelle imbécile ! Je voulais qu'il m'aide à les chercher, c'est simplement cela.

— Oh d'accord…

Stefen me fixait avec perplexité. Je n'avais aucune idée s'il avait gobé mon mensonge. Toutefois, je lui décochais mon plus beau sourire. Cela sembla lui suffire. Il m'invita à monter dans la voiture et nous prîmes le chemin du retour.

Justement, le lendemain, je le recevais sur ma table de massage pour une heure de séance et j'avais bien l'intention de me faire pardonner de mon comportement de la veille. Stefen apparut dans son peignoir blanc à la porte du petit cabinet que Béa avait fait mettre à ma disposition au *Cheval blanc*. En admirant ses épaules carrées et le triangle de peau doré de son torse, je me dis que j'étais bien bête de faire une fixette sur Anton. J'avais devant moi un spécimen masculin de première catégorie. Tout ce que j'avais à faire, c'était d'exercer ma magie de séductrice.

— Stefen ! Entrez, je vous en prie. Êtes-vous déjà en tenue, sinon je peux vous passer un petit sous-vêtement adapté…

Il écarta les pans de son peignoir avec un sourire espiègle et je retins un éclat de rire en le voyant dans le minuscule string en papier que l'on distribuait aux clients.

— J'avais déjà tout le nécessaire sur mon lit ce matin.

— Vous êtes parfait.

Il haussa suggestivement les sourcils et fit tomber à terre son peignoir dans un geste théâtral. Il se retourna au ralenti pour que j'admire son fessier.

— Et ce string vous va à ravir… ce qui n'est pas le cas de tous les hommes. Allongez-vous sur la table, je vais m'occuper de vous.

Il me fit un clin d'œil avant de prendre place. C'était du tout cuit avec lui. Nous étions sur la même longueur d'onde.

— Mettez-vous sur le ventre et calez votre tête sur le repose tête. Voilà. Vous êtes confortable ? Oh ! Attendez, je vais aller tirer le rideau afin de tamiser la lumière.

En allant à la fenêtre pour occulter les rideaux, je retins mon geste pour observer la scène qui se jouait au-dehors. Immobile, la main crispée sur le petit fil du store, je sentis mes dents crisser l'une contre l'autre en voyant Anton et Lisa s'adonner à une bataille de boules de neige. Ils riaient. *Dunderwadel.* Qu'est-ce que je ne donnerais pas pour refaire le portrait de cette bêcheuse ? Regardez-là comme elle est empotée. Elle n'arrive même pas à se défendre. Elle lance ses projectiles à côté de sa cible. Qu'est-ce que je ne donnerais pas pour qu'il se prenne une bonne grosse boule en pleine gueule ? Grrr !

— Quelque chose ne va pas ?

Je me retournai en sursaut vers Stefen qui m'observait.

— Non. Non. Tout va bien ? J'arrive.

Je laissai le store entrouvert, avec le besoin malsain de les surveiller.

Je pris ma bouteille d'huile de massage. Je m'en enduis généreusement les mains, et la réchauffai entre les paumes. Et tout en faisant cela, mes yeux ne quittèrent pas la scène au-dehors.

— Je crois que j'ai attendu ce moment dès le premier jour, ronronna Stefen en fermant les yeux.

Je souris en concentrant mon attention sur mon client.

— Et vous n'allez pas être déçu, chuchotai-je en commandant à Alexa de mettre de la musique zen.

Je plaquai mes mains sur les trapèzes musclés de Stefen et fis glisser mes paumes le long de sa colonne vertébrale. Je remontai vers ses flans. Il était vraiment bien foutu, le bougre. Sa peau était chaude. Il sentait bon l'aftershave. Mes doigts glissaient tout seuls sur son épiderme. Je le malaxai ainsi pendant quelques minutes en insistant sur les points douloureux. Toutes les trente secondes, mon regard dérivait à l'extérieur. Pourquoi le contact de Stefen ne m'émoustillait pas plus que ça ? Il était taillé comme un dieu et je lorgnais sans cesse vers l'extérieur. Qu'est-ce qui n'allait pas chez moi ? Je me concentrai et mis encore plus d'ardeur à la tâche. *Verdammi* ! J'aurais pu pétrir de la pâte à pain que ça m'aurait fait le même effet ! Argh !

À un moment donné, je demeurai bloquée en voyant Anton ébouriffer les cheveux de Lisa qui s'était mangé une énorme boule en pleine poire. Avec délicatesse, il enlevait les flocons qui pendouillaient à ses mèches blondes. Elle le regardait avec une admiration teintée de fascination qui me fit dévisser.

— Ouille ! Ça fait mal !

Je sursautai en entendant la plainte de Stefen. J'étais en train de pétrir son omoplate avec brutalité.

— Oh ! Pardon ! Excusez-moi ! Je vous ai fait mal ?

— Euh oui… un peu.

— C'est qu'il y a un énorme point de tension, mentis-je. On va travailler dessus.

Je me hissai sur la table et passai à califourchon sur son dos pour avoir une meilleure prise. Décidée à me concentrer sur mon client, je détournai la tête de la fenêtre. Quand je sentis Stefen se détendre à nouveau sous mes doigts, un petit diable m'incita à jeter un coup d'œil dans le jardin. Et là, ce fut le drame. Une vague de colère me submergea aussi dévastatrice que spontanée. Lisa sur la pointe des pieds quémandait un baiser à Anton. Il sourit avec tendresse en passant une mèche derrière l'oreille de Lisa. Il fit non de la tête et un pas en arrière. Elle le retint en s'agrippant à ses avant-bras. D'un bond, je sautai à terre et ouvris la porte de mon cabinet à la volée.

— Qu'est-ce qui se passe ?

— Je reviens tout de suite !

Je courus jusqu'à la porte d'entrée et m'engouffrai dans le froid glacial au pas de charge.

— Anton ? Est-ce que je peux te parler ?

Surpris, il se retourna d'un bloc vers moi, les sourcils froncés.

— Pourquoi ?

— Viens-là, je te dis !

Il soupira en s'excusant auprès de Lisa et vint se planter devant moi.

— Quoi ?

— Tu peux m'expliquer ce que tu fais ?

— Rien.

— Rien ?

— Tu viens sur ton lieu de travail pour ne rien faire ?

— Je suis venue voir Lisa, c'est bon t'es contente.

— Est-ce que je dois te rappeler qu'il s'agit de ta cliente, bordel ? Tu flirtes ouvertement sous les fenêtres de l'hôtel. Tu veux te faire virer ou quoi ?

— Tu plaisantes j'espère ? C'est à moi que tu fais des leçons de moralité ? Tu couches depuis quand avec Stefen ? Hein ? Ne me dis pas le contraire ! Vous êtes arrivés bras dessus bras dessous hier à la rando, je ne suis pas con, tu sais ?

— Et puis quoi ? T'es jaloux ?

— Et toi ?

Nous nous mesurâmes en nous fusillant du regard pendant une longue minute. Une veine bleue pulsait à son front et je me rendis compte que je trouvais ça super sexy…

— Tu sais quoi Tam, tu vas sagement retourner auprès de ton client. Il t'attend. Et moi, je vais continuer à faire ce que j'ai à faire, compris ?

Je me retournai vers la fenêtre de mon cabinet où Stefen était posté en observation.

— *Verdammi* !

— Tu n'as aucun ordre à me donner, ma belle, susurra-t-il à mon oreille. Tu es aussi peu professionnelle que moi à ce niveau-là !

Il me tourna le dos et alla rejoindre Lisa qui nous observait avec inquiétude.

Dunderwadel ! Je fis marche arrière et allai rejoindre Stefen. Tout cela ne menait à rien. Il fallait que je bannisse Anton de mes pensées et surtout de mon quotidien. En entrant dans mon cabinet, je croisai le regard pensif de mon client.

— Il se passe quelque chose avec le vigile ? Ce n'est pas la première fois que je vous vois vous disputer avec lui ? Vous souhaitez que j'intervienne ?

Je le fixai avec des yeux ronds de stupéfaction. *Um Gottes Wille*[23] ! Il pensait avoir à me protéger d'Anton ?

— Quoi ? Lui ? Pensez donc. C'est un gamin ! dis-je avec un mouvement blasé de la main. Je me permets de le rappeler

---

[23] *Mon Dieu !*

à l'ordre de temps en temps parce qu'il fait n'importe quoi. C'est une très mauvaise idée de faire une bataille de neige autour de toutes ces voitures de luxe, vous ne trouvez pas ?

Stefen fronça les sourcils avec perplexité en tournant son regard vers le parking.

— J'imagine que oui…

— On lui a déjà fait une faveur en l'embauchant en tant que vigile puisque c'est le neveu de Monsieur Lang. Ce serait dommage qu'il gâche sa chance.

— Vu sous cet angle…

— Allons ! Nous avons assez perdu de temps comme ça, dis-je avec entrain en tapant dans mes mains pour écourter cette conversation. Revenons à nos moutons. Où en étions-nous ?

Je lui adressai une œillade suggestive à laquelle il répondit par un sourire de connivence.

— Vous passiez vos doigts de fée sur mon corps, me semble-t-il.

— Allongez-vous.

Il s'exécuta et je repris ma position à califourchon sur son dos. J'adressai une prière muette au ciel pour m'avoir aidée à m'extirper de ce mauvais pas. Si je ne me surveillais pas davantage, j'allais me cramer aux yeux de Stefen. Je ne savais pas pourquoi je faisais de pareilles scènes à Anton. Il ne représentait rien, non ? Il ne m'intéressait pas, n'est-ce pas ? Il ne me plaisait même pas. Mon regard dériva vers le parking. Je retins mon souffle en voyant Anton prendre le volant de la Porsche Cayenne, Lisa à ses côtés.

— Hum ? Stefen ? Savez-vous où se rend votre sœur ? Elle vient de partir en voiture.

— Elle va surement à la dégustation de vin organisée à la cave Lang, marmonna-t-il.

— Oh !

— Et je devrais y être aussi d'ailleurs…

— Vous n'y allez pas ?

— Je préfère vos mains expertes.

— Oh !... Mais vous ne risquez pas de fâcher votre père ?

— Si…

Je continuai à le masser tout en réfléchissant à la vitesse de la lumière. Mon regard accrocha la place laissée vide par la Porsche.

— Ce serait dommage de rater cette dégustation. Les vins Lang sont vraiment fameux.

Stefen rit sur sa table.

— Vous préférez que je vous abandonne pour un verre de Riesling, c'est bien ça ?

— Vous n'êtes pas obligé de m'abandonner. Je peux très bien vous accompagner.

Il se redressa sur ses coudes et tourna la tête vers moi.

— Mais c'est une excellente idée ça ! J'ai même une proposition à vous faire. Que diriez-vous de me suivre à toutes les activités du séminaire ?

Je stoppai mon massage et le regardai avec interrogation.

— Je vous en prie, Tamara. Cette semaine de team building est une véritable torture. Mon père a insisté pour que je vienne, mais c'est d'un ennui mortel. Je connais cette entreprise par cœur. Venez avec moi ! S'il vous plaît ? Sauvez-moi de cette corvée !

J'observai mon interlocuteur et doucement un sourire victorieux s'épanouit sur mes lèvres. L'Univers ne venait-il pas de m'offrir sur un plateau l'opportunité de séduire mon nouvel objectif de vie, un mètre quatre-vingt-dix et un compte en banque bien garni ? Et par la même occasion la possibilité de surveiller Anton et Lisa ? Mais non enfin ! Bien sûr que non ! Je me moque de ce garçon. Complètement.

Chapitre 8

Anton

Quand Lisa m'avait proposé de m'engager comme chauffeur durant son séjour au *Cheval blanc*, j'avais accepté pour trois raisons : l'argent, l'amitié, l'esprit de vengeance.

Je devais faire des économies si je voulais subvenir aux besoins de Lin et cette proposition de travail supplémentaire était une aubaine.

J'aimais bien Lisa, cette mission était loin d'être une corvée.

Je me vengeais de Tam, qui semblait voir rouge dès que j'approchais la jolie blonde.

Ça, c'était sur le papier, car je n'avais pas du tout prévu que les sentiments de Lisa allaient entrer en ligne de compte. Je l'aimais bien, elle était drôle, intelligente et plutôt jolie, mais elle était surtout ma patronne ! Et pour moi il n'y avait aucune ambiguïté de ce côté-là. No zob in job.

Or, quand elle m'avait tendu ses lèvres pendant notre bataille de boules de neige, j'avais été pris au dépourvu. J'espérais l'avoir repoussée avec tact. Je glissai un coup d'œil à ma passagère. Elle se perdait dans la contemplation du paysage. De nouvelles chutes de neige nous avaient accueillis au matin. Un doux sourire apparut sur son visage de poupée. Pas de trace de contrariété ou de rancœur. Tant mieux ! Cette femme était tout bonnement le strict opposé de Tamara. J'avais bien cru que cette tigresse allait m'arracher les yeux. Elle avait déboulé sur le parking comme une furie. Ses yeux verts étaient presque fluorescents, comme Maléfice dans la Belle au bois dormant. Elle était aussi belle que venimeuse. Un cocktail dangereux qui faisait frissonner mon épiderme. Je regardai encore Lisa. Pourquoi ne me faisait-elle pas autant d'effet ? Vraiment. La nature était mal faite ! Pourquoi me sentais-je attiré par l'ensorceleuse sorcière quand je pouvais avoir l'innocente princesse des contes de fées ? Je n'avais pas la réponse. Et pourquoi n'avais-je pas informé Tamara que Lisa m'avait embauché ? D'où ma présence ce matin ? Toujours pas de réponse. Non. Si. J'en avais une. Je n'encaissais pas qu'elle me remplace aussi vite et sans état d'âme par le connard cravate (pardon !) le costard cravate au portefeuille bien rembourré. Voilà c'était dit et cela me faisait un bien fou. J'étais blessé et vexé qu'elle m'ait jeté comme un vulgaire mouchoir usagé. Elle avait tiré un coup et m'avait balancé sans regret. Et sa proposition ridicule de faire de moi un ami et plus si affinité était ridicule. Du sex friend avec une mante religieuse ? Mais quel fieffé couillon accepterait un deal pareil ? Pas moi. Parce que j'avais un minimum de sens de la survie. Pour autant je me vengeais du tourment qu'elle infligeait à ma libido en la faisant enrager avec Lisa. Elle voyait en elle une espèce de double de Bella, la femme qui lui avait pris son amour de jeunesse. Très bien. J'allais prendre un plaisir pervers à enfoncer le clou. Je réprimais un rictus mauvais, car la petite voix de ma conscience me soufflait que j'étais plus touché que je ne voulais bien me l'avouer par la vulnérabilité de Tam. Quand la veille je l'avais ceinturée pour calmer sa crise d'hystérie, j'avais senti mon cœur fondre. Pourquoi sa détresse m'avait-elle autant ému ?

Je ne savais pas. Tam était un paradoxe ambulant. Une femme séductrice et dominatrice d'un côté, une petite fille apeurée et bourrée d'insécurités de l'autre. Et le mélange de ces deux facettes me déroutait, me fascinait, me captivait. Tamara était captivante. Belle. Magnétique. Dangereuse. J'inspirai un grand coup pour la déloger de mes pensées.

— Vous connaissez l'endroit où nous nous rendons, n'est-ce pas ? Le vigneron est de votre famille, si je ne me trompe pas.

— Oui, c'est vrai. Christian Lang est mon oncle, le frère de ma mère. Il a repris l'exploitation viticole familiale qu'il avait héritée de mon grand-père.

— Hou ! Intéressant ! Une entreprise familiale en somme. Ça me parle.

Je pouffai en croisant le regard espiègle de ma partenaire.

— Oui, mais le chiffre d'affaires n'est pas tout à fait le même si je peux me permettre.

— Peut-être. Mais papa dit toujours qu'il faut être d'une certaine trempe pour être entrepreneur, quelle que soit la taille de l'entreprise. Et que ça ne s'improvise pas.

— Je perçois une note d'ironie. Il ne vous considère pas comme une digne successeure ?

— J'ai tous les diplômes qu'il faut pour cela. Mais papa s'évertue à souffler le chaud et le froid entre mon frère et moi, comme pour nous maintenir en compétition. Il trouve Stefen trop volage et inconstant. Et moi à la santé trop fragile et aux nerfs pas assez solides.

— Et vous pensez qu'il a tort ?

— Non, pas tout à fait. Il est clairvoyant sur mon frère. Mais en ce qui me concerne, ma santé n'altère en rien mes capacités intellectuelles. Et je suis tout à fait capable de diriger des équipes. Ses reproches sur mon état physique ne sont pas fondés.

— Je n'en doute pas. Vous semblez sûre de vous.

Elle rit non sans autodérision.

— Il en faut un minimum pour tenir le choc. Et vous alors ? Seriez-vous dans la course pour reprendre l'exploitation de votre oncle ?

— Quoi ? Moi ? Non !

— Et pourquoi non ?

Je bloquai un moment avant de lui répondre. Au fait, oui. Pourquoi non ?

— Eh bien, dis-je en réfléchissant à ma réponse. Les héritiers directs sont mon cousin William et sa sœur Valérie. Lui est commis de cuisine au *Cheval blanc* et elle est directrice marketing chez Porsche de l'autre côté de la frontière. Elle ne quitterait son job pour rien au monde.

— Il ne reste que vous sur la liste…

Je fronçai les sourcils.

— Moi ? Non ! Je n'y connais rien au vin.

— Ah oui ? Et que produit votre oncle ?

— Du pinot noir, du pinot gris, du chardonnay pour le crémant, répondis-je du tac au tac.

— Vous n'y connaissez rien, je dois le reconnaître.

Je croisai son regard malicieux et souris.

— Tout le monde sait ça. Ça ne veut rien dire.

— Moi je n'en avais aucune idée.

Je ris sous cape en agitant ma tête en signe de dénégation.

— Moi, je suis sûre que vous feriez un parfait vigneron !

Je ne pus retenir un rictus narquois de marquer ma bouche. C'est vrai que j'avais un minimum de connaissances et que j'avais fait les vendanges plus d'une fois. Mais c'était bien insuffisant.

Je me garai sur le petit parking client de mon oncle et me dépêchai d'aller ouvrir à ma passagère. Je lui tendis ses béquilles et l'aidai à s'extirper du véhicule.

— Voilà ! Nous y sommes.

Je lui désignai les bâtiments viticoles adossés à la vieille bâtisse typique de l'Alsace. Une grande maison en longueur sur deux étages avec son toit pentu et ses colombages. Ma tante avait fait une jolie décoration extérieure pour Noël. Une couronne de branches de sapin pendait à porte. Je souris, car j'avais toujours adoré ça !

Je poussai la porte et ne fus pas surpris de trouver mon oncle déjà en grande discussion avec les membres du séminaire. Le vin était sa passion et je devais reconnaître qu'il savait la transmettre avec beaucoup d'enthousiasme. Son regard s'arrêta sur moi et je vis qu'il était surpris.

— Anton ! Si je m'attendais ?! Que fais-tu là ?

Il vint vers moi et me serra chaleureusement dans ses bras.

— Tu te fais rare, mon petit gars ! Et je crois que ta tante meurt d'envie de faire la connaissance de sa petite nièce…

Il gratifia son reproche voilé d'une bourrade et d'un clin d'œil.

— Je vais venir avec Lin, je te le promets. C'est juste que j'ai beaucoup de travail en ce moment. Je suis veilleur de nuit au *Cheval blanc* et chauffeur la journée.

Je lui désignai du pouce Lisa qui me suivait d'un air timide.

— Je te présente Lisa Holz, des entreprises métallurgiques Holz.

— Soyez la bienvenue Mademoiselle ! On vous attendait pour commencer. Venez, venez, vous avez une place réservée à l'avant.

Sans plus de cérémonie, il prit galamment le bras de l'héritière pour la mener à son siège.

— Votre frère vient également, n'est-ce pas ?

— Normalement oui, mais ne l'attendez pas pour commencer votre présentation. Ce n'est pas le roi de la ponctualité.

Je réprimai une grimace, car la dernière fois que je l'avais vu, il était en peignoir entre les mains de Tam… Il n'allait certainement pas être à l'heure. Une remontée gastrique me brûla l'œsophage. Je m'empêchai de les imaginer ensemble sur la table de massage, mais rien n'y fit. Un carrousel d'images plus hot les unes que les autres s'infiltra dans mon esprit.

— Putain ! grognai-je avec hargne.

— Plaît-il ?

Mon oncle et Lisa se tournèrent vers moi avec stupéfaction.

— J'ai trébuché. Pardon.

Je soupirai de soulagement en me glissant sur un fauteuil derrière Lisa. Mon oncle commença sa présentation par la diffusion d'un petit film sur la route des vins.

Il y avait de ça quelque soixante-dix millions d'années, l'effondrement du fossé rhénan avait séparé le massif des Vosges de la Forêt noire allemande, créant cette richesse incomparable de terroir. Le sol s'était fracturé en nombreuses couches sédimentaires tantôt le grès, tantôt le calcaire, tantôt les marnes. Le vin d'Alsace profitait de cette grande diversité de sols. Je regardais ce court documentaire avec intérêt, passion même. Je comprenais à quel point le travail de mon oncle était un art.

Il nous parla ensuite de son engagement pour le vin biologique, choix qui l'avait fait renoncer aux pesticides et herbicides. Cela représentait une tâche considérable, car il fallait cercler mécaniquement chaque pied de vigne pour le libérer des herbes envahissantes. Et quand vous multipliiez ça par le nombre d'hectares que comptait l'exploitation, cela vous donnait une idée du travail à accomplir.

Quand vint le tour des questions, mon oncle se montra intarissable. Il était un puits de science viticole ! J'en apprenais encore aujourd'hui. Toute l'assemblée était suspendue à ses lèvres. J'étais persuadé qu'il avait transmis son amour de la vigne avec tant d'enthousiasme que tous étaient prêts à se reconvertir en vignerons !

Ce fut quand il déboucha quelques bouteilles pour la dégustation que Stefen décida de faire son entrée. Je jetai rapidement un coup d'œil au patriarche allemand qui sembla s'étrangler d'indignation. Je me retournai vers le nouveau venu avec un sourire narquois convaincu qu'il allait se prendre une rouste.

Mais mon sourire mourut sur mes lèvres quand je vis Tamara à sa suite. Main dans la main, ils essayaient de se faufiler avec la discrétion d'un éléphant dans un magasin de porcelaine tant ils riaient de leur entrée intempestive. Je serrai mes poings avec force. Je détestais leur complicité. Je sentais chaque fibre de mes muscles se contracter. J'avais envie de bondir à la gorge de Stefen pour l'éloigner de Tam. Je serrai les dents m'obligeant à regarder ailleurs. Mais dans ce mouvement, je surpris Lisa en train de m'observer avec inquiétude. Je tentai vainement de lui offrir un sourire aimable, mais je savais que mes yeux lançaient des éclairs vers les nouveaux arrivants.

— Aaaah ! Herr Stefen est arrivé ! Nous pouvons passer à la dégustation !

L'intéressé éclata de rire suivi par tout le groupe. Mon oncle remplit les verres. Tout le monde se leva d'un même mouvement pour s'agglutiner près du buffet. Avec prudence, je me tins éloigné des festivités. Mon taux d'adrénaline n'étant pas redescendu, je préférais éviter de croiser Tam et son cavalier.

Je glissai néanmoins un regard vers elle. Elle semblait radieuse… comme après une bonne partie de jambes en l'air.

Et merde ! Je soufflai comme un taureau dans l'arène. Il fallait que je sorte. Immédiatement.

— Vous trinquez avec moi ?

Lisa se matérialisa devant moi avec deux coupes de crémant.

— Hum… J'allais sortir… Un truc à vérifier dans la voiture…

— Oh…

Le petit rictus déçu sur le visage de Lisa me fit grincer des dents. Je soupirai discrètement.

— J'irai après. Vous avez raison. Trinquons.

Quand nos flûtes tintèrent, je vis que l'on s'approchait de nous.

— Salut petite sœur. Qu'est-ce que j'ai raté au juste ?

— L'occasion de te faire bien voir par papa peut-être ?

— Oh ! Seulement ça !

Stefen partit d'un rire sarcastique qui me mit les nerfs en pelote. C'est sûr que tripoter Tam sur une table de massage avait plus d'importance que d'endosser ses responsabilités de cadre dirigeant !

Mon regard se porta alors sur elle. Et je restai scotché par l'intensité de ses prunelles vertes fluorescentes. Elle me fixait sans tenir compte de la conversation des Holz. L'expression de ses yeux me troubla tant que je demeurais figé, prisonnier de leurs pouvoirs.

Elle semblait lutter entre une rage intérieure dévastatrice, une vulnérabilité que je décelais de plus en plus souvent chez elle, et un désir liquide qui coulait de ses iris dilatés jusqu'à ses lèvres charnues légèrement entrouvertes.

Elle me voulait, je le sentais à la manière dont ses paupières engourdies de désir s'abaissaient sur ses prunelles vives.

Je déglutis. J'avais les lèvres sèches. Tout le sang de mon corps s'était concentré sur mon bas ventre. Je sentais ma queue pulser contre mon pantalon. Elle devait cesser immédiatement ce manège.

— N'est-ce pas Tam ? Tam ?

L'interruption de Stefen mit fin à notre transe. Libéré de son regard, je me tournai de côté pour respirer de grandes goulées d'air. Je fermai les yeux pour juguler l'afflux sanguin qui battait contre mes tempes. À quoi jouait-elle, putain ? Une minute de plus et je la traînais jusqu'à ma caisse pour la baiser comme elle me le réclamait !

— Oui, je confirme répondit-elle d'une voix rauque, Stefen était tendu comme un arc. Il travaille trop.

— Ah ! Tu vois !

Les deux frères et sœurs continuèrent leurs invectives, tandis qu'elle glissa un coup d'œil vers moi pour juger de l'effet de sa réplique. Je serrai les mâchoires et désapprouvai d'un mouvement de tête. Elle jouait avec mes nerfs, la garce. Elle était consciente du pouvoir qu'elle avait sur moi et s'amusait à mes dépens. Merde, merde et merde ! Si elle pensait faire de moi son pantin et son petit toutou, elle se mettait gravement le doigt dans l'œil. Je ne rentrerais pas dans son jeu. Qu'elle se tape Holz, si ça lui faisait plaisir, mais qu'elle me laisse tranquille !

Furieux, je quittai le petit groupe pour aller me réfugier dans la Porsche. J'y restai une heure avant que Lisa ne me rejoigne.

Chapitre 9

Tamara

Je passai une nuit horrible à me retourner sans cesse, le corps pris de frissons de fièvre. J'étais fébrile, mais sans température, j'avais plusieurs fois vérifié. Je me débattais avec mes draps et couinais quand ils s'enchevêtraient entre mes jambes. La sensation du tissu contre ma peau m'électrisait.

J'imaginais alors que ce n'était pas le drap qui m'effleurait, mais des doigts d'homme. Je forçais mon imagination à visualiser Stefen. Je n'avais qu'un mot à dire pour qu'il me soulage de cette tension. Mais pour une raison que je ne m'expliquais pas, je prenais mille détours avec lui.

Quand je me mis à éventer ma chemise de nuit contre ma poitrine et que le courant d'air caressa mes tétons, je ne pus réprimer un gémissement. Une image vraiment très réaliste d'Anton parcourant mes seins de baisers légers et soufflant doucement sur leur extrémité s'implanta dans ma tête. Je haletais en serrant mes cuisses l'une contre l'autre. J'allais jouir ! *Dunderwadel* ! Je sentis mon corps se crisper et se détendre sous l'effet du plaisir. Je me redressai dans mon lit et allumai la lumière.

Est-ce que je devenais dingue ? Un rêve érotique éveillé. Et avec Anton ? Mais qu'est-ce qui n'allait pas chez moi ? Je grognai de frustration en passant une main lasse dans mes cheveux. Je grimaçai de dépit, car tout ceci n'était que la suite logique d'une journée passée à le *stalker*[24].

Le voir si doux et attentionné avec Lisa alors qu'ils jouaient dans la neige m'avait poignardé le cœur. Mais ce n'était rien comparé à la sensation de vide et de manque qui m'avait étreinte quand je les avais vus trinquer avec leur flûte de champagne, les yeux perdus dans le regard de l'autre avec ce sourire niais d'amoureux. *Um Gottes Wille.* Je m'y voyais tellement me coulant contre lui et goûtant le crémant à même ses lèvres, nouant ma langue à la sienne, frottant mon bassin contre son érection et glissant mes doigts sur sa nuque virile. Hmmm ! J'en avais salivé d'envie. J'aurais donné n'importe quoi, mon âme s'il avait fallu pour être à la place de Lisa et goûter cet homme comme je savais le faire et comme je l'avais déjà fait.

Car c'était aussi là le hic, c'était que je me rappelais dans les moindres détails de sa saveur, de son odeur, de sa chaleur. Et il était hors de question que cette fille banale et chétive le connaisse de cette manière-là. Cela n'appartenait qu'à moi. Il n'appartenait qu'à moi !

— Aaaaah !

Je poussai un cri de désespoir dans ma chambre comme pour exorciser ce désir si malvenu. Je pris ma tête dans mes mains et me balançai sur moi-même comme pour évacuer ce besoin que j'avais de lui et que je n'arrivais plus à maîtriser.

— Tamara ?

Maman passa la tête par l'entrebâillement de la porte et fronça les sourcils en me voyant.

— Tu as fait un cauchemar ? Je t'ai entendue crier.

---

[24] *Suivre, harceler*

— Va te recoucher, ce n'est rien.

Mais elle s'avança jusqu'à mon lit, l'air inquiet.

— Tu pleures ?

— Quoi ?

Je portai mes mains à mes yeux et constatai qu'ils étaient mouillés. Je haussai les sourcils d'étonnement.

— Qu'est-ce qui se passe Tam ?

Comme dans mon enfance, elle passa sa main sur mes cheveux pour les replacer derrière mon oreille.

— Est-ce qu'il s'agit d'un homme ?

Elle chercha mon regard qui fuyait vers le plafond.

— Non ! répondis-je d'une voix ferme.

Elle soupira.

— Tu sais. Je t'observe. Tu flirtes avec Herr Holz et de l'autre côté je te vois te chamailler avec le cousin de Will…

Je soufflai avec impatience.

— Ça ne veut rien dire. Il ne veut rien dire pour moi. J'ai des projets maman ! Et ce garçon se met en travers de mon chemin !

— Comment ça ?

— Il… Il… Il est… Il m'énerve, voilà tout.

Un sourire narquois se peignit sur le visage de ma mère.

— Je vois ça…

— Ce n'est pas drôle ! J'ai enfin l'occasion d'approcher et d'intéresser un homme à la hauteur de mes ambitions et il faut que ce freluquet me détourne de ma mission.

— De quoi tu parles ?

— De Stefen ! De Herr Holz ! J'ai enfin l'opportunité de trouver un homme qui me fera m'échapper de cet endroit, de ce trou et tout est remis en question à cause d'Anton. Un gardien de parking ! Un Lang ! Un homme originaire de Niederschwiller ! Je ne pourrais jamais arriver à rien ! Je ne pourrais jamais partir d'ici, tu comprends ?! Il me distrait, il me détourne de mon objectif !

— Mais enfin Tamara, ce que tu racontes n'a aucun sens ! Pourquoi vouloir partir d'ici ?

— Mais pour la même raison que papa ! hurlai-je à la face de ma mère. Pour renaître. Pour découvrir le monde. Pour vivre l'aventure.

Bien que je vis ma mère blêmir et avoir un mouvement de recul, je continuai mes reproches.

— Il a eu mille fois raison de nous abandonner quand j'étais petite, il n'y a rien à faire ici. Rien à part dépérir et mourir d'ennui entouré de ploucs !

— C'est ce que tu penses ? Que ton père est parti pour vivre l'aventure ?

Ma mère eut un hoquet d'indignation.

— Ah oui ! Pour sûr quelle belle aventure ! Effectivement il est parti à Taïwan où il a épousé une femme de là-bas. Sauf qu'il a vite déchanté quand il est tombé malade. Il est revenu en France se faire soigner. Aujourd'hui, il vit dans un deux-pièces avec sa femme asiatique qui vend des nems sur le marché. Non, mais sans blague ! C'est ça ton modèle et ton idéal de vie ?

Je me renfrognai, car je connaissais l'histoire. Aujourd'hui mon père vivait ou plutôt survivait à Colmar dans un HLM miteux grâce au travail de sa femme.

— Je n'ai peut-être pas vécu l'aventure comme tu dis, cracha ma mère. Mais j'ai ma dignité pour moi. Je ne roule pas sur l'or, c'est un fait, mais j'ai un travail honnête et je suis indépendante. Plus jamais je ne laisserai à un homme l'occasion de dicter ma vie. Et tu devrais en faire autant.

— Pff ! Arrête ton char ! T'as tout fait pour me jeter dans les bras des Muller !

— Je me suis trompée ! Et crois-moi, ça m'a fait du mal de l'admettre. Ian et Matthias sont des bons garçons, j'ai cru qu'ils prendraient soin de toi.

— Tu n'es pas cohérente. Tu dis vouloir que je sois indépendante et tu me harcèles pour que je rencontre quelqu'un. Tu devrais être contente que j'aie jeté mon dévolu sur Stefen !

— Tu rêves si tu penses qu'il va se marier avec toi. Enfin, réveille-toi ! Il n'a aucun intérêt à s'unir à toi.

— Et s'il m'aimait ? objectais-je.

— Et toi ? Tu l'aimes ?

Sa question directe me fit bugger parce qu'intérieurement j'avais répondu « non » de manière viscérale et instinctive. Mon cœur se mit à battre la chamade quand ce traître me murmura un autre prénom d'homme, un prénom que je ne connaissais que trop bien et pour lequel j'avais mis un veto définitif. Je plaçai mes mains sur mes oreilles pour résister à cette émotion qui m'étreignait.

— Bon ça suffit ! Je voudrais dormir maintenant, OK ? Cette discussion est ridicule.

— Ce qui est ridicule, c'est de ne pas voir ce qui te pend au nez. Là, juste là. Une grosse bonne déception quand tu te rendras compte que tu as misé sur le mauvais cheval !

Elle claqua la porte en quittant ma chambre. Je jetai rageusement mon chausson contre la porte.

— Ce ne serait pas la première fois, maugréai-je.

Le moins qu'on puisse dire, c'était que je ne me sentais pas très en forme après cette nuit agitée. Je me serais bien plutôt emmitouflée dans une couette devant Netflix pour digérer mes rêves étranges. Au lieu de cela je me retrouvais affublée d'un tablier.

Je malaxai de la pâte sablée sur le plan de travail de la cuisine de Bertrand Kolb, quand je surpris le rire cristallin de Lin en face de moi. Je levai la tête pour l'observer et me pris à sourire en voyant ses jolies joues se colorer de rose. L'ambiance bon enfant et familiale qui régnait dans cette cuisine avait fini par venir à bout de ma mauvaise humeur.

Instinctivement, je me penchai vers Savannah à ma droite. Concentrée sur sa tâche, elle mélangeait avec méthode la poudre de noisette au blanc d'œuf pour obtenir la garniture de notre petit sablé. Nous avions décidé de fabriquer un « petit tas ». Ne vous fiez pas à cet intitulé si peu poétique, ce biscuit de Noël était une petite tuerie.

Je ressentis une vague de fierté à regarder ma petite fille confectionner cette recette. En dignes Alsaciennes que nous étions, nous avions ces traditions dans le sang. Je levai les yeux vers Anton, qui semblait tout aussi à l'aise dans cet exercice. Chez les Lang aussi, la préparation de *bredele* était sacrée.

Un frisson raidit ma colonne vertébrale alors que j'observais ses doigts pétrir la pâte avec un intense sentiment de satisfaction. Et s'il pétrissait autre chose que de la… *Stop ! Arrête !* Je divaguais encore une fois.

Des cris et des injures me tirèrent soudain de ma rêverie. Stefen et Lisa s'étaient mis ensemble pour participer à cet atelier cuisine. Ils se chamaillaient en allemand tout en mettant un bazar indescriptible autour d'eux : la farine, le sucre, les œufs se répandaient en tâches dégoûtantes autour d'eux.

— Ne mélangez pas si fort, Herr Holz vint le prévenir le cuisinier. Vous allez faire retomber les œufs en neige !

— Pitié ! Anton ! Venez m'aider, implora Lisa en riant. Mon frère est une catastrophe !

Je fronçai les sourcils en voyant Anton s'essuyer les mains pour venir à leur rescousse. Il n'allait pas abandonner sa fille pour prêter main-forte à cette empotée !

Je devais bien reconnaître que j'avais trouvé cette idée formidable de la part du *Cheval blanc* de proposer au personnel de venir cuisiner avec leurs enfants. Fabriquer des *bredele* était une activité familiale, un moment de partage fort à Noël. Et j'étais enchantée de faire cela avec Savannah et Lin… mais carrément moins avec l'autre assistée !

— Laisse Anton ! J'y vais !

Je contournai le plan de travail pour venir glisser mes bras dans le dos de Stefen, saisir le fouet dans sa main et guider son geste.

Je le sentis sursauter quand je me glissai derrière lui puis se détendre avec un grognement de contentement.

— Vous voyez. Comme cela. Tout doucement.

Il me scruta par-dessus son épaule avec un sourire suggestif.

— Vous mélangez la pâte au jaune d'œuf en allant chercher délicatement dans le fond.

— Vous m'en direz tant… murmura-t-il les yeux brillants.

Je captai la lueur lubrique qui brillait dans ses yeux et lui rendis son sourire lascif. Voilà. Il était là mon objectif. Séduire cet incroyable spécimen de la gente masculine au portefeuille bien garni. Concentre-toi Tam. Reste focus.

— Oh non ! Anton ! Vous allez me le payer ! brailla Lisa à nos côtés rompant le charme.

Aussitôt, je surveillai leurs ébats et crus avaler de travers en le voyant passer sa main pleine de farine sur le visage de Lisa. La bouche de celle-ci dessina un « O » d'indignation, mais bien vite, elle se reprit en empoignant un sac de farine qu'elle jeta à la figure d'Anton.

Lin et Savannah éclatèrent de rire en le voyant recouvert de blanc.

— Tu ris de ton père, petite impertinente ?

Il prit une poignée qu'il lança à sa fille. Lin poussa un cri choqué, auquel Savannah répondit par un haro vengeur.

— Touche pas à ma copine !

Avant que je puisse intervenir, je vis Savannah écraser un œuf dans le dos d'Anton. Un haut-le-cœur dégoûté s'échappa de notre assemblée. Anton se retourna lentement vers son agresseur.

— Je crois que cette petite a besoin d'un shampoing aux œufs… ses cheveux sont tout secs !

Savannah cria et rit en s'échappant. Je vis Anton saisir un œuf dans chaque main et partir à sa poursuite. Ils coururent autour du plan de travail en riant sous les cris de protestation du groupe.

— Anton ! Laisse ma fille tranquille ! le prévins-je menaçante.

— Où quoi ? me défia-t-il en retenant Savannah contre lui prêt à écraser l'œuf sur sa tête.

— Tu n'as pas envie de le découvrir, crois-moi, dis-je en m'approchant.

— J'ai l'âme d'un aventurier.

Et il écrasa l'œuf sur le crâne de ma choupinette. Le blanc gluant dégoulina sur ses longs cheveux tandis que le jaune recouvrit ses yeux.

— Aaaah ! cria Savannah.

— Ça ! Tu vas me le payer !

Je saisis la motte de beurre à pleine main et l'écrasai sur le visage d'Anton. Je beurrai ses trous de nez et ses oreilles.

— Arrête ! Arrête !

Il se débattit en essayant de bloquer mes bras. Je me retrouvai prisonnière de son corps, mais je parvins à libérer une main pour saisir le paquet de farine que me tendit Lin.

— Traîtresse !

Anton n'eut le temps que de le dire, car je projetai le contenu du paquet sur son visage. Il toussa et éternua en reculant. Libérée, je pris deux œufs et les écrasai sur sa tête.

— Mais vous êtes fous, s'exclama Lisa alors occupée à débarbouiller ma fille.

Tout le monde riait dans la cuisine. Anton était défiguré. Il essuya d'un revers de main ses yeux qui émergèrent sous une épaisse couche de beurre, de farine et d'œuf.

— Je ne connaissais pas ce *bredele*… intervint Bertrand. Je crois qu'il ne manque plus qu'à l'enfourner pour le faire cuire…

— Au four ! Au four ! crièrent les petites filles déchaînées qui poussèrent Anton vers le matériel électroménager.

— Bande de petites diablesses !

Il les saisit chacune sous un bras et sortit de la cuisine en poussant un cri de sorcier démoniaque.

— Je vous tiens ! Hou ha ha !

— Mamaaaan ! cria Savannah en hurlant de rire.

Mon instinct de mère me poussa à me ruer sur Anton. Je le ceinturai avant qu'il n'atteigne la porte du hall.

— Sauvez-vous les filles ! Je le tiens !

Anton gratifia les petites d'une dernière chatouille avant de les libérer. Elles s'échappèrent en riant. Mais moi, j'étais loin d'en avoir fini avec Anton. Cette bagarre improvisée était plus que bienvenue pour canaliser l'énergie qui bouillonnait dans mon corps depuis la veille. Je lui sautai au cou pour lui faire une clé de tête.

— Tu croyais pouvoir t'en prendre impunément à des filles sans défense ?

— Hé ! Je suis une victime dans cette histoire ! Ce sont elles qui m'ont agressé !

— Tu vas voir ce que c'est qu'une agression !

Complètement survoltée, je sautai à califourchon sur son dos en le ceinturant de mes jambes. J'avais autant envie de le frapper que de le caresser, de l'embrasser que de le mordre. Je devenais cinglée.

— Au secours ! cria-t-il en essayant de se libérer.

Les clients de l'hôtel nous regardaient bouche bée. Béatrice sortit de derrière le comptoir comme un diable.

— Tamara ! Arrête ça tout de suite, tu m'entends ?! Je t'ai déjà dit : pas de scandale chez moi !

— T'inquiète pas, Béa, je répare une injustice !

Anton pensa s'échapper en courant avec moi sur son dos dans la cour de l'hôtel. Le froid nous saisit, mais j'étais décidée à lui faire mordre la poussière. Mais…

Je sursautai quand je me retrouvai le cul dans la neige, avec Anton qui fourrait de grosses boules glacées dans mon corsage.

— Salaud ! criai-je entre deux hoquets choqués.

Il profita de mon état de saisissement pour se sauver. En une fraction de seconde, je me remis sur mes pieds et partis à sa poursuite. J'étais à deux doigts de le rattraper quand il se réfugia dans un petit local. Je fonçai à sa poursuite en poussant la porte, mais m'immobilisai aussitôt en me rendant compte qu'il y faisait noir.

— Je te tiens ! J'ai gagné !

Anton était dans mon dos et venait de bloquer mes bras en me ceinturant. Je lui jetai un coup de coude dans les côtes en écrasant son pied de mon talon.

— Aïe !

J'en profitai pour me retourner et saisir ses poignets. Nous nous mesurâmes en riant. Je le poussai de toutes mes forces contre la cloison de droite. Il répliqua en me poussant vers la cloison de gauche. Ce manège dura encore jusqu'à ce qu'à bout de souffle, il parvint à me bloquer de tout son corps en glissant son genou entre mes jambes pour m'immobiliser. Nos poitrines se soulevaient au rythme effréné de notre respiration erratique.

— Tu t'avoues vaincue ? haleta-t-il au-dessus de moi.

— Jamais ! couinai-je péniblement.

Il plaqua mes poignets contre le mur et pressa son bassin contre le mien.

— Tu ne t'arrêtes jamais, n'est-ce pas ?

Ses yeux me scrutaient avec une lueur d'espièglerie. Mais j'y décelai aussi autre chose. Son regard brillait tandis qu'il faisait glisser sa langue sur sa lèvre. Je buggai sur sa bouche brillante de salive.

— Toi non plus, on dirait ? dis-je la voix rauque.

Il s'immobilisa en m'observant. Nos poitrines continuaient à s'entrechoquer au rythme de nos respirations. Mes seins s'écrasaient contre son torse à chaque inspiration.

— Bordel !

Sa main droite quitta mon poignet pour longer mon flanc, ma taille, ma hanche et venir se poser sur ma fesse. Il pressa doucement ma chair. Je soupirai en me cambrant.

— Tu me rends dingue… tu sais ça ?

Il prit ma nuque dans sa paume gauche. Je me hissai pour atteindre sa bouche en levant ma jambe pour permettre à sa main de soutenir ma cuisse.

Chapitre 10

Anton

J'étais dans sa bouche. Et Dieu m'en était témoin. Il allait falloir une grue pour me décoller de cette femme. Ma langue dansait avec la sienne. Je frottai mon aine contre son bassin. Elle passa ses bras derrière mon cou et fit glisser ses doigts dans mes cheveux. Quand je sentis une résistance, je me rappelai que j'avais les cheveux collants de pâte.

— Tu vas te salir, dis-je contre sa bouche.

— Je m'en fous, répondit-elle en posant ses lèvres voluptueuses sur ma bouche. Ne t'arrête pas. S'il te plaît.

Elle saisit ma nuque et pencha sa tête pour approfondir son baiser. Je résistai encore un peu, gêné d'être aussi dégoûtant. Mais quand elle fit glisser sa langue sur ma joue pour récolter les restes d'aliments, je grognai en empoignant sa taille. Je la soulevai contre le mur afin de caler mon bassin contre elle. D'instinct elle noua ses longues jambes autour de moi. De mes mains je pétris ses cuisses avec envie. Je coulissai contre elle lentement pour faire monter son désir. Elle quitta ma bouche pour renverser sa tête en arrière.

— Hmmm…

Elle gémissait les yeux fermés et la bouche entrouverte. Je clignai des yeux, ébloui par sa beauté. Ses longs cils formaient une ombre sexy sur ses joues rosies par le plaisir. Sa langue débordait à peine de ses lèvres généreuses, mais c'était une tentation insupportable. Mon regard glissa sur son cou si féminin habillé d'un petit diamant étincelant. Je baissai la tête pour le lécher ainsi que le bout de peau qu'il recouvrait. Ses seins pointaient à travers le corsage blanc. Je devinai la dentelle de son soutien-gorge et la couleur de son téton sous le tissu mouillé par la neige.

Je passai le pouce sur la pointe de son sein.

— Hmmm…

Elle se mordit la lèvre en entrouvrant ses yeux. Ses iris verts fluorescents dégoulinants de désir me transpercèrent en plein cœur. Elle resserra son emprise en refermant bras et jambes autour de mon corps. Elle se hissa pour capturer ma bouche et s'infiltra en moi comme un serpent sous un tapis de feuilles. Je la laissai entrer en moi totalement passif et consentant. Je compris que sa chaleur, son goût, son parfum s'imprimaient à cet instant même dans mes cellules comme un tatouage. Elle me marquait de son sceau. Et j'en voulais plus. Être son jouet, sa chose, sa marionnette. Tout ce qu'elle me demanderait pourvu qu'elle n'arrête jamais de me prendre de cette manière-là. Elle me savourait en prenant tout son temps.

Je sentais cependant que mon corps allait lamentablement me trahir si je ne la pénétrais pas.

— Je ne vais pas tenir Tam… gargouillai-je d'un ton misérable et peu viril.

— T'es au point de rupture, susurra-t-elle contre ma pomme d'Adam.

— Quasi… avouai-je.

— Hmmm… je vais m'occuper de ça alors…

Elle se laissa glisser contre mon corps et s'agenouilla devant moi. J'étais prisonnier de son regard passionné. Elle défit la ceinture de mon pantalon et la fermeture éclair. J'étais si tendu que le tissu de mon boxer protestait. Elle m'en libéra d'un geste sec.

Émerveillé, je l'observai alors me prendre dans sa bouche en verrouillant ses yeux aux miens. Elle me tenait comme on tient un chien en laisse. Elle aurait ordonné « assis », « couché », « donne la patte », j'aurais obéi comme le gentil toutou qu'elle avait fait de moi. J'étais une loque alors qu'elle était à mes genoux.

— *Verdammi* Tam ! Je vais… Aaaaah…

Et je me déversai en elle, le souffle coupé, ébloui par un grand éclair blanc.

— Mais qu'est-ce que… Tam ? Anton ?

La porte venait de s'ouvrir en grand, laissant entrer un énorme flot de lumière aveuglante. Tamara se redressa à la vitesse de la lumière tandis que je refermais mon pantalon.

— Will ? Bordel ! Qu'est-ce que tu fais là ? grogna Tamara en reprenant contenance.

— Quoi ? Moi ? Mais enfin ? VOUS ? Qu'est-ce que vous faites là ? C'est le local poubelle ! Vous avez baisé ici ? Sans déconner ?

Mon cousin nous observait d'un air totalement sidéré. C'est seulement alors que je laissai mon regard examiner notre environnement. Nous étions bel et bien au beau milieu des containers de l'hôtel. Je vis au regard consterné de Tam qu'elle venait de se faire la même réflexion.

Elle lissa ses longs cheveux noirs et prit un air hautain.

— Fais pas ta mijaurée Will ? Ne me dis pas que tu n'as jamais fait ça dans un endroit comme ça ?

— C'est sûr, les ascenseurs c'est tellement commun !

Elle passa devant nous en lui jetant un coup d'œil dédaigneux.

— Minute jeune fille ! Tu vas où comme ça ?

— Ma fille m'attend.

Will réprima un rire caustique.

— Il est temps de t'en préoccuper ! Elle va attendre une minute de plus, car tu vas me faire le plaisir de t'exprimer sur ce qui vient de se passer.

— Mais pour qui tu te prends ? s'indigna-t-elle.

— Pour le cousin d'Anton ! Et je ne te permettrais pas de jouer avec lui ! Je t'aime beaucoup Tam, mais là c'est de la famille qu'il s'agit. Et je ne rigole plus.

— Will… m'interposai-je.

— Non. Il n'y a pas de « Will » qui tienne. Je connais Tam depuis toujours et je sais de quoi elle est capable.

Tamara leva les yeux au ciel et souffla bruyamment.

— Arrête ton numéro de grand frère protecteur, tu veux ? Ça ne te va pas du tout !

— Je t'interdis de lui retourner la tête ! Il a d'autres chats à fouetter.

— Et moi ? hurla-t-elle soudain hors d'elle. Tu ne crois pas que j'ai « autre chose » à faire ? hein ? Je… j'ai… Je dois… J'ai prévu…

Will et moi l'observions avec perplexité tandis qu'elle bredouillait une explication inintelligible.

— Je me suis fixé des objectifs ! Et je suis incapable de les tenir à cause… à cause… parce que…

Elle plongea son regard torturé et vulnérable dans le mien et je manquai une respiration.

— Mais de quoi tu parles ? Ça n'a aucun sens ! s'énerva Will.

— C'est Stefen que j'ai en vue ! Stefen Holz ! Pas ton cousin. C'est bon ? T'es content ?

Les yeux de Will s'agrandirent comme des soucoupes. Il cligna des yeux comme dans un manga. Son esprit semblait fumer sous la pression de son intense réflexion.

— OK. Je vois… Enfin non. Je ne vois pas. Pourquoi tu lui taillais une pipe dans ce cas ?

Tamara piqua un fard de catégorie record du monde.

— Écoute Will, on va s'arrêter là, OK ? Laisse-là tranquille.

— Elle entreprend un gars et te saute dessus dans le même temps. Et pour toi, c'est OK ?

— Non. Ce n'est pas OK. Mais ce n'est pas le moment d'en parler.

Will secoua la tête d'un air de totale incompréhension. Il souleva le bac d'un container et y jeta deux sacs poubelles noirs.

— Je ne comprends rien à votre histoire. Mais je vous le dis direct, je n'approuve pas, pour vous deux.

— Il n'y a pas de nous deux ! criâmes-nous en chœur.

On se jeta des coups d'œil gênés. Will nous dévisagea.

— Quoi qu'il se passe, je n'approuve pas, parce que vous vous ferez du mal.

— Ah ! On ne te demande pas ton avis ! s'agaça Tam. Mêle-toi de tes affaires !

Elle nous planta là en fonçant vers l'hôtel. À mi-chemin elle se retourna brusquement.

— Et si ça peut te rassurer, ce que tu as vu là ne voulait rien dire. C'était une erreur. Un simple moment d'égarement. Un coup comme ça !

— Eh ben ! Si après ça, t'as pas compris où tu foutais les pieds, mon gars, moi, je ne peux rien faire pour toi !

Will me gratifia d'une tape virile sur l'épaule.

— Fuis-la ! Fuis-la pendant qu'il est encore temps !

Je soufflai avec résignation, car au fond de moi, je savais. Je S.A.V.A.I.S qu'il avait raison sur toute la ligne. Pour autant, mon cœur battait la chamade en la voyant traverser le parvis de sa démarche chaloupée. Le souvenir de sa bouche autour de ma queue me comprima le cœur et l'estomac. J'avais bien peur que la mise en garde de mon cousin soit inutile. J'étais déjà pris, dans tous les sens du terme.

— Bon ! Il va être l'heure. Tu es prêt ?

Will consulta sa montre et tapota sur le montant. Je hochai la tête d'un air penaud.

— Oui. Je récupère Lin et je te rejoins.

— Débarbouille-toi au passage !

Will prit la direction des vestiaires et je fus soulagé de le voir s'éloigner. Merde. Merde et merde. Pourquoi avait-il fallu qu'il nous surprenne ? Mais quoi ? Je débloque ou quoi ? Pourquoi avait-il fallu que je succombe à Tamara ? Je m'étais promis de me tenir à l'écart. Et d'arrêter de la choper dans des coins sombres ! Merde ! Fais chier. Je n'étais qu'un imbécile.

Pour autant, je me sentais incapable de réprimer le sourire de satisfaction virile qui s'invita sur mon visage. Elle avait quand même admis ne pas arriver à séduire Holz parce qu'elle m'avait dans la tête. Je me surpris à glousser comme un gamin. C'était plus fort qu'elle. Même si elle s'en défendait, elle avait envie de moi. Et c'était plus puissant que la perspective d'attraper un portefeuille bien garni ! Et cette idée-là était dangereusement aphrodisiaque…

Je me secouai pour échapper à ma rêverie, car je devais aller chercher Lin pour déjeuner chez mon oncle et ma tante. Le jour des présentations officielles de Lin avait sonné. Nous avions également convenu d'appeler ensemble mes parents. Le soutien de ma tante ne serait pas de trop pour faire passer la pilule !

Nous retrouvâmes Will sur le parking un quart d'heure plus tard et prîmes ensemble le chemin du vignoble. Sans surprise, ma tante nous attendait de pied ferme sur le perron piétinant d'impatience.

— Ooooh ! Te voilà enfin, *Schatzele*[25] !

Lin lui sourit avec timidité.

— Dis bonjour à ta tante, lui intimai-je.

— Bonjour, Tata.

— Oooooh ! Qu'elle est mignonne et bien élevée ! Oh ! Que je suis contente de te voir ! Voici ton oncle Christian.

L'intéressé lui serra la main, un grand sourire aux lèvres.

— Eh bien, mon garçon. Tu viens de faire une heureuse, dit-il en désignant sa femme.

— Deux heureuses, tu veux dire, ajouta Will. Tu es au courant que maman va pourrir et gâter Lin ?

— Ce n'est pas complètement impossible… répondit-il en riant.

— C'est même carrément certain !

Nous passâmes un très agréable repas, où toute notre attention était dirigée sur Lin. Je sentais qu'elle était comblée de tant d'égards. J'étais heureux qu'elle soit si bien accueillie par ma famille. Elle avait besoin d'être acceptée. Ce bain d'amour lui était bénéfique.

Cependant, quand je captai le regard concerné de ma tante et de mon oncle qui m'invitèrent dans le bureau, je sus que les choses sérieuses allaient commencer. Nous confiâmes Lin à la garde de Will. Après avoir refermé les portes du bureau, nous composâmes le numéro de mes parents. Ma tante était presque plus angoissée que moi à ronger ses ongles comme elle le faisait.

— Allô ?

---

[25] *Petit trésor.*

— Maman, c’est Anton. Je suis avec tata Hélène et Christian.

— Oh ! Mon chéri ! Comme c’est gentil d’appeler ! Comment allez-vous tous en Alsace ?

Ma mère et ma tante échangèrent quelques banalités sur le temps et leur santé.

— Papa est là ?

— Oui, il vient juste de rentrer. Antoine, viens dire bonjour à ton fils !

Je saluai mon père et échangeai le même type de banalités sur le temps quand Christian me donna un coup de coude.

— Eh bien… Papa. Maman. J’ai quelque chose d’important à vous annoncer.

— Ah oui ?

— En fait, je ne vous ai pas dit toute la vérité au sujet de mon séjour en Alsace.

— Comment ça ? Tu nous fais peur là…

— Hum… eh bien… j’avais une raison très précise de venir, qui n’avait rien à voir avec Will, Christian ou Hélène.

— OK. Accouche ! s’impatienta mon père. Quelle connerie as-tu encore faite ?! Je croyais que c’était derrière toi tout ça !

— Ah, mais tais-toi donc et laisse-le parler, s’interposa ma mère.

— Eh bien… Je… J’ai… Je… J’avais…

— Ah, mais crache-la ta Valda ! T’as brûlé une grange ? Volé un tracteur ? Qu’est-ce que t’as encore fait ?

— Il n’a rien fait… enfin si… mais c’était il y a longtemps…, s’opposa Hélène.

— Attends… qu’est-ce que ça veut dire… vous êtes au courant tous les deux ?

Ça ne s’annonçait pas bien. Mon père criait après ma tante maintenant.

— Bon ça suffit ! Oui. On est au courant, énonça Christian. On ne va pas tourner autour du pot pendant mille ans. Anton a appris qu'il a eu une petite fille, âgée de trois ans, avec une jeune femme de Niederschwiller. Elle lui a caché sa paternité pendant tout ce temps. Nous l'avons appris il y a seulement deux semaines.

— QUOI ???

Un silence sidéré accueillit cette révélation.

— Tu es père ? Toi ?

— Je suis grand-mère ? demanda maman d'une voix chevrotante.

— Oui.

— Et elle a trois ans ?

— Oui. Elle s'appelle Lin. C'est… c'est la fille des Chang, les propriétaires du *Dragon royal* dans la rue Principale.

— Elle est asiatique ?

— D'origine asiatique.

— Bon sang ! Tu nous auras tout fait, tout fait, marmonna mon père d'une voix brisée.

— Je veux la voir !

Ma mère avait presque crié dans le téléphone.

— Tu pourrais déjà lui parler si tu veux, proposa ma tante.

— Parce qu'elle est avec vous ?

— Oui.

— Oh ! Mon Dieu, oui. Je voudrais lui parler.

Nous nous regardâmes avec inquiétude. Je ne le voulais pas. Mes parents étaient trop chamboulés. Je ne voulais pas qu'ils blessent Lin par une parole maladroite.

— Viens Lin, appela Hélène en allant la chercher. Quelqu'un voudrait te parler.

Ma fille s'approcha avec crainte du combiné et posa avec précaution son oreille sur l'appareil.

— Allô ?

— Oh ! Seigneur ! Ma toute petite ! Ta voix est si mignonne. Je suis sûre que tu l'es tout autant. Je suis ta grand-mère Odile, ma chérie.

Lin hocha la tête d'un air sérieux.

— Bonjour, Mamie Odile.

Contre toute attente, j'entendis ma mère sangloter à l'autre bout.

— Oh, ma toute petite. Papi et Mamie vont venir te voir. On va venir très vite, n'est-ce pas Antoine ? Dis bonjour à ta petite fille !

— Oui. Nous allons venir. Et j'espère pour toi, jeune homme, que tu as préparé un plan de carrière et de vie digne de ton statut de père dorénavant !

J'échangeai un regard contrit avec mon oncle et bredouillait une réponse à mon père avant de raccrocher.

— Il n'a pas tort, tu sais ?

Je me grattai l'arrière du crâne en évitant son regard.

— Je le sais. J'y pense tous les jours, marmonnai-je gêné.

Je quittai les membres de ma famille plus bouleversé que je ne voulais l'admettre. Ma situation était précaire. Je le savais parfaitement. Lin avait besoin de sécurité. J'avais besoin de stabilité. À tous les points de vue. C'est pourquoi mon incartade du matin avec Tamara était une très mauvaise idée. Je devais revenir à ma priorité, à ma résolution numéro un. Rendre Lin fière de moi. Et cela passait par une attitude irréprochable. Tamara devait sortir du tableau.

Chapitre 11

Tamara

Pressée par le poids de son corps, je sentais mon dos s'enfoncer dans le bois dur du chalet contre lequel j'étais adossée. Ce contact abrupte me confirma que je ne rêvais pas.

D'une main, il maintenait fermement ma mâchoire afin d'explorer chaque recoin de ma bouche. Je lui rendais la pareille au centuple. Je respirais son haleine en m'étonnant de sa fraîcheur. Mes doigts dessinaient les vallées et les creux de son torse et de son ventre. J'étais électrisée de la tête au pied. Sa peau frissonnait sous mes mains.

Mon corps me faisait mal tellement il le réclamait. Il dut sentir mon besoin de lui, car ses mains quittèrent mon visage pour se poser sur ma poitrine. Je râlai un grognement inintelligible. Galvanisé, il s'aventura vers le sud pour glisser sa main entre mes cuisses. Je les serrai fort pour contenir le plaisir qu'il me procurait déjà. Ça montait vite, trop vite. Je sentais que j'allais avoir un orgasme. Trop tard.

— Antooon… Oh ! Bon sang !

Je geignis dans sa bouche d'un râle rauque et grave. Il me couvait d'un regard satisfait avec un petit sourire en coin. Il picora ma bouche de baisers légers tandis que je reprenais mon souffle.

— Tamara ? Tamara ? Mais où est-elle passée ?

Je sursautai à l'appel de mon nom. D'un geste brusque, je le repoussai et me frayai un chemin entre les deux chalets où il m'avait attiré quelques minutes plus tôt. Je remis rapidement de l'ordre dans mes cheveux tout en pinçant mes lèvres pour tenter de les rendre moins gonflées.

Je fis signe à Nelly, la vendeuse de bougies à droite et Brigitte celle de photophores en bois, à gauche. Depuis le temps que j'habitais Niederschwiller, je connaissais tous les exposants du petit marché de Noël qui se tenait traditionnellement devant le parvis du *Cheval blanc*.

En revenant sur l'allée principale, je pris une grande respiration et me retrouvai aussitôt en terrain connu : le stand des foies gras Muller, celui des nems des Chang, celui du vin chaud de Béatrice Kolb et celui des vignobles Lang.

— Je suis là, Stefen ! le hélai-je le souffle court.

— Mais où étiez-vous donc passée ? Je vous cherche depuis un quart d'heure !

— J'ai dû aller faire une pause pipi à l'hôtel. Excusez-moi, j'aurais dû vous prévenir, mentis-je sans rougir.

Me faire peloter par Anton dans les endroits sombres était devenu ma nouvelle mauvaise habitude, le genre de mauvais travers qu'on se reprochait sans parvenir à s'en passer ! Il fallait v.r.a.i.m.e.n.t que j'arrête de faire ça !

— Ah ! D'accord ! Je comprends ! Eh bien ! Que me conseillez-vous d'acheter ?

J'inspectai tous les stands avec attention, puis haussai les épaules avec un grand sourire.

— Honnêtement tous ! Le foie gras Muller est le plus renommé de la région. Je les connais bien. Le gérant est le père de Savannah.

Je fis signe à ma choupinette qui avait rejoint ses grands-parents Louis et Edwige sur le stand. Ici, Savannah était chez elle. Comme moi, cet endroit était le berceau de son enfance. Elle naviguait d'un chalet à l'autre en saluant tout le monde aussi bien en français, en allemand, qu'en alsacien. Elle avait l'aisance des Muller et leur arrogance aussi. Je le voyais à la manière dont elle se présentait aux adultes. Une pointe de fierté m'étreignit le cœur, car je devais bien reconnaître que Ian m'avait fait le plus beau cadeau que la vie m'ait accordé jusqu'ici : ma fille.

— Oh ! répondit Stefen d'un air embarrassé. Je ne savais pas que le père de Savannah habitait le village.

— C'est le cas et c'est une vraie figure ici. Tout le monde le connaît. Mais ne vous inquiétez pas. Il a refait sa vie. Il est marié. Très heureux. Et bientôt papa à nouveau.

J'avais débité ça à toute vitesse pour me débarrasser de cette information. Mais pour une fois, je me disais que si cela pouvait être utile et rassurer Stefen de savoir que mon ex était casé, eh bien tant mieux !

Et même si le poison de la culpabilité ne m'étouffait pas encore, je savais que si je prenais deux minutes pour songer sérieusement à ce qui se tramait entre Anton et moi, je n'allais bientôt plus pouvoir regarder Stefen dans les yeux.

Un peu plus tôt à mon arrivée sur le marché à son bras, le premier regard qui croisa le mien fut celui d'Anton. Il tenait le stand de vins avec son oncle. Il était avec des clients à qui il expliquait la gamme de produits. Mais tout en faisant cela, son attention et son regard étaient en permanence dirigés vers moi.

Par un pur esprit de provocation, je me serrai davantage contre Stefen et j'en faisais des tonnes. Je riais à chacune de ses phrases même si elles n'étaient pas drôles. Je ne savais pas pourquoi je ne pouvais m'empêcher de le défier ainsi. Mais c'était plus fort que moi.

C'était à peine si je fus surprise quand je le sentis m'attirer dans un recoin du marché alors que j'admirais des bijoux artisanaux. Sa bouche s'était écrasée sur la mienne en forme de punition. Mais je ne m'en étais pas plainte. J'en voulais encore. *Oh oui Anton ! Punis-moi !* Je devenais vraiment vraiment cinglée.

— Vous avez le mythique vin chaud de Béatrice, votre logeuse, dis-je en m'extirpant de mes réflexions, de l'artisanat d'art, des spécialités asiatiques, des bretzels, des *bredele*, et bien sûr le vin des Lang.

Tout en disant cela, nous nous étions rapprochés de Christian et de Anton, revenu lui aussi à son stand.

— Je suis en train de vanter vos mérites au plus gros client de Béatrice, dis-je avec panache. J'ai le droit à une commission ?

Christian capta mon clin d'œil et me sourit avec connivence.

— Je ne peux pas espérer meilleure ambassadrice que toi, Tamara. Évidemment, nous te rétribuerons en nature !

Aussitôt mon regard croisa celui d'Anton et je me surpris à piquer un énorme fard. C'était nouveau pour moi. Je ne me laissais pas facilement déstabiliser. Mais depuis hier, j'avais l'impression d'évoluer dans l'œil du cyclone. Plus j'essayais de prendre mes distances et plus j'étais attirée par lui. J'avais passé l'âge des bécotages, mais rouler des pelles à Anton était devenu ma nouvelle activité favorite.

Soudain deux petites tornades brunes passèrent entre nos jambes et vinrent faire des grimaces à Anton.

— Tu. Ne. Nous. Attraperas. Pas.

Dans un grand éclat de rire, Lin et Savannah s'éparpillèrent en riant et criant alors qu'Anton faisait mine de les poursuivre.

— J'ai eu vent de vos exploits hier, fit une voix dans notre dos.

Nous nous retournâmes sur Béatrice et Edwige qui portaient un vin chaud entre leurs mains gantées.

— Ils ont mis la cuisine de Bertrand sens dessus dessous, grogna Béa.

— J'en témoigne, approuva Stefen.

— Mais les clients de la buvette ne tarissent pas d'éloge sur vos *bredele*…

En effet, les biscuits étaient proposés aujourd'hui en dégustation avec le vin chaud pour le plus grand plaisir des pâtissiers en herbe.

— Ce petit bonhomme en pain d'épices est fameux, s'exclama Edwige.

— C'est moi qui l'ai fait !

— Non, c'est moi !

Lisa venait de nous rejoindre et prenait un malin plaisir à contredire son frère.

— Avons-nous réussi à vous transmettre l'esprit de Noël tel que nous le vivons en Alsace ? demanda Béa à son client.

— Parfaitement. Avec ça, j'ai le plaisir d'être initié à ces coutumes par une charmante hôtesse. Je n'ai pas lieu de me plaindre.

Stefen joignit la parole au geste en me serrant contre lui. D'instinct, je jetai un coup d'œil à Anton. Le dos tendu et la mâchoire crispée, je devinai sa contrariété. Je me tortillai dans les bras de Stefen pour m'échapper, soudain mal à l'aise.

— C'est comme moi, ajouta Lisa. J'ai eu de la chance de tomber sur Anton pour m'accompagner toute cette semaine. Il a été parfait en tout point.

Ce fut au tour d'Anton de paraître gêné et de me jeter des coups d'œil à la dérobée pour guetter ma réaction. Je faisais de louables efforts pour sourire aimablement, alors que j'avais juste envie de lui faire bouffer son brushing de blonde platine !

— Eh bien ! Eh bien ! C'est quoi cet attroupement ? demanda Ian en se joignant à notre groupe.

Ah ! Il ne manquait plus que lui !

— Nous sommes en train de faire le bilan de cette semaine au *Cheval blanc* et nous nous disions à quel point notre séjour avait été agréable, expliqua Lisa.

— Il faudra revenir dans ce cas.

— Oui, c'est bien mon intention, avoua-t-elle en plongeant son regard dans celui d'Anton.

Il se racla la gorge avec difficulté tout en fuyant mon regard.

— Moi pareil.

Stefen porta ma main à sa bouche pour la baiser tel un gentleman.

— Ah ! D'ailleurs, c'est trop bête d'en rester là. Que penses-tu de proposer à papa d'inviter nos nouveaux amis au gala de fin de séminaire demain soir, Lisa ? Organisons une grande fête de fin de séjour !

— Mais oui ! Ce serait génial ! J'adore cette idée. Oh ! Dites Anton ? Vous accepteriez d'être mon cavalier ? Dites oui.

— Oh ! Euh ! C'est que je travaille, je surveille le parking.

— Béa ? S'il vous plaît ? Accordez-lui sa soirée ?

Lisa lui fit des yeux de biche pour infléchir sa décision. Celle-ci se mit à rire et acquiesça.

— Ah ! Les jeunes ! Vous êtes tous les mêmes !

Lisa sauta au cou d'Anton. Je serrai mes poings. Qu'est-ce que je n'aurais pas donné pour les serrer autour de son cou à elle !

— OK. Dans ce cas j'invite Tamara. Voulez-vous être ma cavalière ?

Je sursautai en sentant la main de Stefen dans mon dos. Est-ce qu'il m'avait parlé ?

— Voulez-vous m'accompagner au bal de demain soir ?

Je tournai la tête vers Anton pour capter son approbation. Il tourna la tête de l'autre côté. À la manière dont il déglutit, je compris que je ne l'avais pas. Et puis quoi encore ? Il sortait avec Lisa !

Avant de donner ma réponse, je saisis l'expression perplexe et perspicace de Ian qui m'observait. Je fronçai les sourcils pour le mettre en garde de se mêler de ses affaires.

— Avec grand plaisir, Stefen ! Ce sera un honneur.

Notre petit groupe s'ébroua dans la perspective de cette grande fête. Béa et Edwige imaginèrent aussitôt des plans de table, des compositions florales et des idées de décoration. Stefen et Lisa dressèrent la liste de leurs invités. Lin et Savannah avaient chacune attrapé une main d'Anton et se balançaient autour de lui. Dans ce brouhaha, Ian me tira légèrement à l'écart.

— Savannah vient à la maison à partir de ce soir.

— Oui, c'est ce qui était convenu.

Nous nous partagions la garde de notre fille une semaine sur deux.

— Elle s'entend bien avec le vigile, on dirait. C'est le cousin de Will, n'est-ce pas ?

— Mmm, répondis-je distraitement.

— Il se passe quoi avec lui… J'ai cru percevoir une espèce de tension.

— T'as rêvé.

— Non, je ne crois pas. Tu étais prête à crever les yeux de Mademoiselle Holz. Et je connais par cœur ce regard de furie. Tu fixais Bella avec la même expression de psychopathe. Donc je répète ma question. Qu'est-ce qu'il se trame ?

— Ian ! Ce ne sont pas tes oignons !

— Tu flirtes outrageusement avec l'héritier Holz, à tel point que ça en est gênant. Tout Niederschwiller ne parle que de ça. « Tamara est en train de lever du gros gibier cette fois-ci ! », « Ah ! Ah ! Ah ! », « C'est qu'elle irait vivre de l'autre côté ! »...

— C'est pas la première fois que je suis au centre des commérages. Laisse-les parler.

— Tu fais n'importe quoi, comme d'habitude. Tu cours après deux lièvres à la fois ? Sérieusement ?

— Ah ! Pitié ! Garde tes sermons pour toi !

— Pas si ça impacte Savannah et notre accord de garde partagée, gronda-t-il menaçant.

— Mais qu'est-ce que tu racontes ? Il n'en est pas question ?

— Et si l'Allemand te propose de le suivre ?

Je buggai un moment en le regardant fixement. N'importe quoi ! Stefen ne me proposerait jamais ça ? ... Et pourtant ? Est-ce que je n'œuvrais pas pour ce résultat depuis le début de la semaine ? N'était-ce pas ce que je voulais ? Partir d'ici au bras d'un riche millionnaire ?

Une vague inattendue d'anxiété me broya. Je cherchai du regard Savannah qui jouait à cache-cache avec Anton et Lin. Étais-je prête à abandonner ma fille pour suivre un rêve ? Étais-je prête à lui infliger la même douleur que celle que mon père m'avait infligée en s'enfuyant à Taiwan ?

— Me fais pas de coup traître, Tamara...

— Ou quoi ?

Mes yeux se réduisirent à deux fentes menaçantes que je braquai sur mon ex.

— Toi et ton frère êtes devenus maîtres en la matière ! T'es mal placé pour me faire la leçon.

Ian soupira de lassitude et fourragea dans son épaisse crinière blonde. Il avait au moins le bon goût d'être gêné.

— Je… Excuse-moi… C'est juste… C'est que…

— Quoi ?

— Je n'ai pas envie que tu reproduises les mêmes erreurs à l'infini.

— De quoi tu parles ?

— De te focaliser sur ce fils à papa qui va jouer avec toi.

— C'est vrai que les hommes aiment bien jouer avec moi, lui reprochai-je des larmes plein les yeux.

— Merde ! Tam ! Arrête de m'en mettre plein la gueule. Je te parle en ami, là !

Choquée, je plongeai mon regard dans ses yeux bleu azur.

— Je te connais par cœur et je vois bien que tu ne vibres pas pour ce mec aussi beau et aussi riche soit-il. Le regard que je t'ai vu porter sur le vigile en dit bien plus long. Ne te trompe pas de monture. C'est tout ce que je voulais te dire…

Bouleversée, je pris ma tête entre mes mains. Je poussais un gémissement d'animal blessé.

— Ian…, murmurai-je, je ne sais plus où j'en suis. Anton ne représente rien pour moi. Je m'efforce de l'ignorer depuis son arrivée. Le problème, c'est que, où que j'aille, il y est. Il est tout le temps dans mon champ de vision, à tel point que je ne vois plus que lui. Et ça me désespère ! C'est vrai que j'ai voulu mettre le grappin sur Stefen. Je ne vais pas dire le contraire. Mais aujourd'hui, je ne suis plus sûre de ce que je veux et des objectifs que je m'étais fixés.

— C'est bien pour ça que je te dis de faire attention à ne pas reproduire les mêmes erreurs. Tu t'entêtes ! Tu t'obstines jusqu'à ce que ça vire à l'obsession. Laisse-toi porter ! Vois ce qui arrive ! Arrête de… manigancer. Tu ne peux pas forcer les sentiments des gens… et encore moins les tiens…

Je levai les yeux vers lui, surprise d'avoir cette conversation. La première vraie conversation que nous n'ayons jamais eue. Je le regardai d'un œil nouveau. Ian était heureux. Ça se voyait. Il était rayonnant, aligné. Il n'avait jamais eu cette expression quand nous étions en couple. C'était l'amour qui le rendait comme ça. C'était Bella. Eux aussi avaient longtemps été dans le déni. J'en avais été témoin. J'en avais même fait les frais.

Est-ce que moi aussi je ne m'autorisais pas à ressentir certaines choses ? Mon regard se porta sur Anton. Je fis grincer mes dents de contrariété à voir Lisa accrochée à son bras.

De la colère, de la jalousie, du rejet, de la peine, voilà ce que je ressentais à ce moment précis ! Et pourquoi ?

« Parce que j'en veux plus ! Je veux Anton pour moi ! Pour moi toute seule ! » hurla ma petite voix intérieure.

Chapitre 12

Anton

J'avais aidé mon oncle à remballer son stand ainsi que celui des Chang. Madame Chang était épuisée par sa journée et son mari était dans un état pire encore. Je venais donc tout juste de quitter leur domicile.

Lin était au lit. Je lui avais lu une histoire et posé un baiser sur son front tout chaud. Mon cœur se gonfla à ce souvenir. Mes liens avec elle se renforçaient de jour en jour. Sa mère lui manquait, c'était évident. Mais entre les dessins postés et les appels téléphoniques à l'hôpital, elle parvenait à tenir le coup. Elle était courageuse.

Et depuis notre bataille d'œufs et de farine la veille, quelque chose s'était enfin dénoué ! Savannah y était pour quelque chose. Elle montrait à Lin le chemin de l'école buissonnière. Sous son influence, je voyais ma petite fleur s'ouvrir de jour en jour et oser exprimer sa personnalité.

J'avais adoré la voir tendre le paquet de farine à Tam pour qu'elle m'en asperge. J'avais rigolé de la voir me faire la nique avec Savannah pour que je leur coure après sur le marché. Et la partie de cache-cache ? J'en avais pleuré de rire à l'entendre crier d'excitation et de frayeur quand je l'avais surprise cachée sous la table du marchand de bretzels !

Je m'adossai au mur du restaurant, les mains dans les poches, un sourire niais accroché à mes lèvres. Cette journée s'était super bien passée.

Mon oncle m'avait demandé de l'aider au stand et j'avais accepté sans me poser de question. Quand nous étions petits, mon cousin et moi jouions sur ce même marché, toujours fourrés dans les pattes de nos parents occupés à vendre du vin. Rejouer cette scène, mais étant adulte cette fois-ci, avait un goût de madeleine de Proust.

Tout dans cette journée m'avait plu. D'instinct, mon regard fouilla la façade en face de moi à la recherche de lumière dans l'appartement des Hopfner. Elles étaient là. Je voyais des ombres passer devant les rideaux de la cuisine et de la salle. Une sensation de vide m'étreignit alors. À les épier ainsi, je me surpris à les envier. J'aurais voulu être là-haut moi aussi, dans la chaleur de ce logement douillet.

Je soupirai avec résignation. J'étais le dernier des cons. J'avais beau me répéter comme un mantra que Tamara n'était pas pour moi et qu'il fallait que j'arrête de la coincer dans n'importe quel recoin. À la première occasion, je faiblissais face à ma résolution. Tiens ! Pas plus loin que ce matin !

Quand je l'avais vue arriver au bras de Holz en minaudant et en tournant du cul comme elle le faisait, j'avais vrillé. J'avais arrêté de réfléchir. De toute façon, depuis que je connaissais Tamara, mon cerveau ne fonctionnait plus. C'était comme si tous mes neurones avaient migré en bas. C'était comme si ma queue décidait quoi que je dise.

C'était donc sans penser que je l'avais attirée derrière le petit chalet des bougies. Elle ne s'était pas débattue. Elle m'avait suivi d'un air surpris et un peu outré. Mais quand j'avais pris son visage en coupe entre mes mains et glissé ma langue dans sa bouche, elle avait ronronné de plaisir. Elle grattait mon ventre de ses ongles acérés comme les griffes d'une chatte sur un coussin en polaire. J'avais bandé direct.

Mais cette fois-ci, je voulais lui rendre la pareille de la veille. Pas question de lui laisser prendre les commandes. Ma main était allée explorer sa chaleur sous sa jupe en laine. Je n'avais pas été déçu de ce que j'y avais trouvé, elle était prête pour moi.

Comment pouvait-elle se pavaner au bras de cet abruti alors qu'elle me voulait moi ? C'était incompréhensible. Plus que ça ! C'était insupportable ! À ce niveau-là, ce n'était plus du déni, c'était de l'aveuglement !

Elle avait eu son orgasme avec un air de reddition qui avait gonflé à bloc mon égo de mâle dominant. Cette femelle-là aussi rebelle soit-elle ne se soumettait qu'avec moi. Je le savais intuitivement. Et cette révélation me procura un intense sentiment de satisfaction.

Le caractère animal et primitif de nos ébats faisait monter en flèche mon niveau d'adrénaline. J'en voulais plus ! Toujours plus ! Je devinais qu'il y aurait une forte accoutumance à cette addiction.

Je cognai l'arrière de ma tête contre le mur pour essayer de reprendre mes esprits. Cette femme m'avait envoûté. Il n'y avait pas d'autre explication à ce besoin d'elle que je ressentais dorénavant en permanence.

J'étais plus fort que ça, non ?! Je pouvais lui résister ! Je devais me rappeler que je m'étais fixé des objectifs clairs. À savoir, être un bon père pour ma fille avec une situation professionnelle et personnelle stable. Or Tamara était de la dynamite pour ma santé mentale. Donc à fuir.

— Pas Tam. Pas Tam. Pas Tam, me répétai-je comme un mantra.

Sauf que quand je rouvris les yeux, mes jambes m'avaient porté jusqu'à sa porte. Mon doigt chercha « Hopfner » sur l'interphone et appuya dessus. Le traître !

— Oui ? Qu'est-ce que c'est ?

— C'est toi Tam ?

Un long silence me répondit et je crus un instant qu'elle avait raccroché.

— Oui.

— On peut parler ?

Autre long silence. Je vis mon pied battre la cadence sans que je n'arrive à le contrôler. Elle n'allait pas me *ghoster*[26] quand même ?!

— OK. Monte.

Je montai les escaliers quatre à quatre de peur qu'elle ne change d'avis. À son étage, la porte était entrouverte. Elle me fit signe de défaire mes chaussures et de ne pas faire de bruit. J'entrai à pas de loup dans le couloir. Quand nous passâmes près du salon, j'entendis la voix de Chantal.

— C'était qui ?

— Rien. Une erreur.

Je grimaçai, mais je suivis Tam jusqu'à sa chambre.

— Je devrais repasser devant l'État civil pour changer de nom ? Ça fait la deuxième fois que tu m'appelles Erreur.

Elle leva les yeux au ciel d'un air impatient. Dans la lumière tamisée de sa chambre, je pus enfin l'observer dans son environnement.

À ma grande surprise, elle était habillée dans une tenue fluide d'intérieur très cosy doudou dans les tons pastels, les pieds nus, pas de maquillage et les cheveux remontés au-dessus de sa tête dans un chignon flou. Je demeurai bouche bée à l'admirer.

Elle était adorable. Bien loin de ses robes sexy et de ses talons hauts, elle était mignonne avec son teint frais et naturel. Elle se hissa sur la couette de son lit et s'assit en tailleur. Elle

---

[26] *M'ignorer*

m'invita à prendre place dans un petit fauteuil recouvert d'un plaid accueillant.

Je laissai mon regard se promener sur sa chambre : des tons doux, chauds, cocooning. Je n'aurais jamais imaginé que Tam aimait les ambiances zen dans son intimité.

— Quoi ? demanda-t-elle un peu sur la défensive.

— Rien… Rien…

— Arrête de rigoler comme un âne alors !

Elle arborait un air grognon et revêche qui me fit rire de plus belle. Elle était adorable. On aurait dit une petite fille.

— Je ne me moque pas, me défendis-je. Je ne pensais pas que tu étais adepte des ambiances zen, c'est tout.

— C'est cosy chic, imbécile !

— C'est mignon… j'aime bien.

Elle me jeta un coup d'œil méfiant, puis examina sa déco en haussant les épaules.

— Tant mieux si t'aimes.

Je souriais. Bêtement en plus. Je ne savais pas pourquoi, d'ailleurs ? Je la trouvais charmante, touchante, vulnérable…

— Pourquoi t'es là ?

— Oh ! Je ne suis pas là ! Rappelle-toi c'est l'Erreur qui est là…

— Oh ! C'est bon ! Ne te vexe pas pour rien. Je n'ai pas envie que ma mère en fasse tout un plat, c'est tout ! Déjà que j'ai eu le droit à une leçon de morale de la part de Will. Et de Ian tout à l'heure…

— Ian ? Qu'est-ce qu'il te voulait ?

Elle soupira en rejetant sa tête en arrière.

— Rien ! Que je ne reproduise pas les erreurs du passé…

— À savoir ?

— À m'accrocher à quelqu'un qui va se foutre de moi.

Je fronçai les sourcils.

— Je ne me fous pas de toi.

— Je n'ai pas dit que je parlais de toi.

Nous nous mesurâmes du regard et je sentis une remontée acide me brûler l'œsophage. Holz ! Évidemment, elle parlait de lui ! Rappelez-moi pourquoi j'étais monté la voir déjà ? Je me levai plus raide qu'un bâton.

— Où vas-tu ?

— Je m'en vais. C'était une erreur de venir.

J'appuyai ma déclaration d'un regard noir.

— Attends !

Elle s'était levée d'un coup pour se poster devant moi.

— Quoi ?

— Pourquoi es-tu venu ? me demanda-t-elle d'un air incertain et timide.

J'en conçus un véritable choc. Tam en version timide ? Mais dans quelle dimension avais-je été projeté ? Quand je la vis se tordre les doigts nerveusement en les cachant sous sa manche de sweet, je me sentis bizarre. Comme si une mélasse chaude se déversait dans mon ventre. Comme si mon cœur implosait dans ma poitrine.

D'instinct, je tendis le bras pour caresser sa joue de ma main. À ma grande surprise, elle y nicha son cou en fermant les yeux. L'étonnement me cloua sur place. Mais bientôt une autre émotion s'empara de moi.

Je l'attirai avec douceur contre mon épaule et la serrai contre moi. Elle passa ses bras autour de ma taille, les miens dans son dos. Ainsi enlacés, je fourrai mon nez dans les petits cheveux fous de son chignon lâche. Je respirai son parfum ultra féminin musqué avec une note de cachemire. Dernier vestige de son aura de femme fatale. Elle était toute chaude blottie de la sorte dans mes bras.

— Je ne sais pas trop pourquoi je suis venu, avouai-je en murmurant. J'étais en train de me dire qu'il fallait à tout prix que je t'évite parce que tu es dangereuse pour mon équilibre personnel et la seconde d'après j'étais en train de sonner à ta porte.

Elle soupira contre ma poitrine.

— Tu me fais exactement le même effet. Plus j'essaie de te sortir de ma tête, plus je suis attirée vers toi. Comme cet après-midi, ce n'était pas bien. On n'aurait pas dû.

— On n'aurait pas dû…

Je me redressai pour la regarder. Ce que je vis dans ses yeux et ce que j'entendis dans sa voix me dirent tout le contraire. Ses prunelles vertes brillaient comme deux émeraudes et ses lèvres pleines et gonflées se tendaient d'instinct vers moi. J'étais incapable de résister à leur appel. Je me penchais vers elle en guettant son approbation. Elle se hissa sur la pointe des pieds pour poser sa bouche sur la mienne dans un baiser très doux.

Nous restâmes ainsi quelques secondes à apprécier la chaleur de l'autre. Elle soupira d'aise en resserrant ses bras autour de ma nuque. Elle se coula contre mon torse. Nos bouches s'ouvrirent l'une pour l'autre et nous échangeâmes le baiser le plus sensuel de toute ma vie.

Des étincelles crépitaient dans ma poitrine, de la lave en fusion s'écoulait dans mon ventre. La passion habituelle qui nous habitait prit les commandes. Je cherchai le contact de ses fesses, elle celui de mon bas-ventre. À l'aveugle, je la poussai vers son lit. Nous tombâmes dessus en riant. Elle noua ses jambes autour de ma taille et m'attira au plus près d'elle.

— Tu es donc venu parce que tu es incapable de me résister ? demanda-t-elle d'un air mutin trop craquant.

— Ça me désole, mais c'est complètement ça.

Je frottai mon nez contre le sien en déposant un baiser sur son sommet.

— Ce qui me console, ajoutai-je, c'est que tu es tout autant incapable de me dire non.

Je ponctuai ma phrase d'un baiser sur ses lèvres.

— Qu'est-ce que je vais faire de toi ? chuchota-t-elle.

Elle renversa sa tête sur l'oreiller pour m'examiner.

— Je vais être ton vilain petit secret. Ton petit péché mignon honteux…

— C'est tentant ça ?! Et pour Lisa ?

— Je ne suis pas avec elle. Mais toi, t'es dans la merde avec Holz…

— Je ne suis pas non plus avec lui.

Je fronçai les sourcils d'un air dubitatif.

— Me prends pas pour un con, vous avez bien…

Elle fit non de la tête d'un air presque gêné. Je me soulevai sur un coude.

— Je ne te crois pas… J'aurais pourtant juré…

— J'ai bien une idée de pourquoi je n'ai pas franchi le pas avec lui, mais si je te le dis, je crois bien que ton égo déjà surdimensionné va exploser en mille morceaux.

Je me mis à sourire comme un aliéné réprimant avec difficulté le rire qui me venait.

— À cause de moi ? Parce que tu pensais à moi ?

— Parce que je n'arrêtais pas de me faire des films de malade de toi avec l'autre empotée ! Ça a complètement tué mon sex-appeal !

— Jalouse, alors ?

— Non ! Pas du tout ! Alors, là, jalouse d'une fille comme elle. Ah non ! Aucune comparaison possible !

Je rigolai en pinçant le bout de son nez. Elle était trop mignonne avec son air renfrogné.

— Aucune comparaison…

Elle tourna la tête vers moi et son regard orageux ne me dit rien qui vaille.

— Si t'as l'audace de me comparer à elle, je te jure…

— Aucune comparaison possible disais-je parce qu'on ne peut pas comparer la Belle au bois dormant à Maléfice, ni Blanche neige à la Reine.

Elle se redressa comme un diable de sa boîte.

— Quoi ? Tu dis que je ressemble à la méchante sorcière !

Je me redressai à mon tour et tirai ses jambes d'un coup sec pour qu'elle s'allonge. Je la recouvris alors de mon corps.

— À l'enchanteresse… belle… dangereuse… sexy… intelligente… envoûtante… indomptable… insaisissable… indépendante…

Je ponctuai chacun de mes adjectifs d'un baiser sur sa joue, son front, sa bouche, son menton, son cou, la base de ses seins, son sein gauche, son sein droit. Quand je la sentis se cambrer, je poursuivis mon exploration vers le bas.

— Le Prince charmant est un abruti. Moi j'aurais dit que c'était la Reine la plus belle…

Elle gémit en attrapant mes cheveux pour me remonter à elle. Elle noua sa langue à la mienne. Nous nous débarrassâmes de nos vêtements en une fraction de seconde.

— Viens vite !

Elle m'invita à la rejoindre sous la couette tandis qu'elle se débattait avec le tiroir de sa table de chevet à la recherche d'un préservatif. Quand elle trouva son Graal, elle me le tendit avec victoire. Aussitôt dit aussitôt fait, je me positionnai au-dessus d'elle prêt à la pénétrer.

— Tu as remarqué, Tam ?

— Quoi ?

— On est dans un lit.

Elle fronça les sourcils puis pouffa. On avait assez expérimenté les coins insolites. Je n'étais pas contre un peu de confort.

— Arrête de jacasser et concentre-toi ! m'intima-t-elle.

Je souris d'un air lascif et vint en elle avec une lenteur proche de l'insoutenable. Je gérai mon entrée pour la mener sur la corniche. Je la sentis trembler sous moi, soulevant son bassin pour me réclamer en entier.

— Anton ! gémit-elle avec un air de reproche.

— Quoi, ma chérie ?

— Arrête ça et viens !

— Qu'est-ce que tu veux ?

— Toi ! gémit-elle en se tortillant sous moi. Arrête de me torturer, je n'en peux plus.

Satisfait de l'entendre me supplier, je me projetai en elle d'un coup sec. Elle se cambra en enfouissant sa tête dans l'oreiller. Je la clouai au matelas à chaque mouvement de rein. Elle haletait prête à exploser, tellement belle dans cet abandon impudique.

— Regarde-moi, lui intimai-je avant d'accélérer le rythme. Regarde-moi, mon cœur.

Elle m'obéit, une expression perdue au fond du regard. Je nouai mes doigts aux siens, et l'emmenai vers l'orgasme sans la quitter yeux. Quand elle cria mon nom, je lui ordonnai encore de me regarder. Elle s'exécuta et ce que j'y vis me bouleversa. Son âme mise à nue.

Chapitre 13

Tamara

Pelotonnée contre la poitrine d'Anton, j'écoutais son cœur qui battait à un rythme régulier. Je soupirai de contentement en enfouissant mon nez dans la légère toison de son torse. Il sentait super bon, une agréable odeur chaude de peau.

Je posai un baiser sur la ligne de poils tracée entre ses pectoraux. Je sentis qu'il se raidissait et retenait sa respiration. Je levai les yeux vers lui. Son regard était paisible, ses traits détendus, mais un sourire espiègle relevait les commissures de sa bouche.

— Tu n'aimes pas ? demandai-je en relevant un sourcil narquois.

Je posai à nouveau mes lèvres au même endroit en appuyant plus longtemps mon baiser. Il gloussa en se tendant.

— Ce n'est pas la question.

Son regard se porta sur mon réveil : minuit un quart.

— Mais je prends mon poste dans trois quarts d'heure… Je vais devoir y aller.

— Ah oui ?

Je quittai ma position et posai mes lèvres dans son cou. Je vis de la chair de poule recouvrir ses bras. Je souris de satisfaction.

— Va-t'en, alors ?

Il rigola d'un air vaincu et désespéré. Il tourna la tête vers l'heure et soupira.

— T'es vraiment une sorcière…

Il se retourna d'un bond et me recouvrit de son corps. Je ris à mon tour quand il rabattit la couette sur nous. Son visage était barré du même sourire éclatant qui faisait fondre mon cœur. Ses cheveux en bataille tombaient sur son front. Il avait un air juvénile trop mignon.

— Et qu'est-ce que tu comptes me faire ? le défiai-je en le capturant de mes jambes.

— Te faire taire, déjà !

Il posa sa bouche sur la mienne et j'accueillis sa langue avec gourmandise. Il encadra mon visage de ses mains les coudes posés autour de ma tête. Je laissai mes doigts définir les sillons de son dos. J'étais en train de devenir complètement addicte à la tendresse dont il faisait preuve dans chacun de ses gestes. Il releva la tête pour me regarder.

— Tu ne veux pas envoyer bouler Holz et être ma cavalière ce soir ?

Je pouffai pour cacher mon émotion.

— Houlà ! Non ! Ça deviendrait beaucoup trop officiel nous deux. Je te rappelle que tu es mon vilain et honteux petit secret…

Il leva les yeux au ciel en rigolant.

— Peut-être… Mais je n'aime pas du tout l'idée qu'il pose ses pattes sur toi.

— J'en ai autant à dire sur l'Handicapée…

— Elle ne me touchera pas.

— Lui, non plus.

— OK. On les accompagne pour cette dernière soirée. Après ils se cassent dans leur pays, bien loin d'ici et on reprend nos petites activités clandestines tous les deux ? C'est ça le plan ?

J'approuvai d'un hochement de tête en me coulant sous lui comme une anguille.

— On pourrait déjà finir celle qu'on a entamée ?

Il sourit contre ma bouche.

— C'est quoi nos noms de code pour cette opération ?

— « Il faut sauter la sorcière bien-aimée » ?

Je sentis son rire se répartir dans chaque fibre de mon corps. Je me sentais si heureuse que je crus que j'allais me disperser en plein vol. Mais ça, c'était avant qu'il n'accomplisse sa mission, car ce sont les étoiles elles-mêmes qu'il me fit toucher.

Ce soir-là, j'étais postée devant ma glace à vérifier ma tenue et traquer le moindre défaut. Et j'avais beau m'inspecter, je n'en voyais aucun. Je portais une robe longue noire et or moulante comme une seconde peau le bas évasé en une corolle, décolletée devant, dos nu à l'arrière. J'avais rassemblé mes cheveux en chignon sur la nuque, yeux charbons et rouge à lèvre rouge.

Franchement. Rien à dire. Je ne ferai pas honte à Stefen et sa famille. Mes yeux luisaient comme des diamants. Au fond, je m'en fichais pas mal des Holz.

La seule personne à qui je voulais faire tourner la tête, c'était Anton. Je pris mon visage entre mes mains en poussant un cri aigu de fille. Il me rendait dingue. Comment avait-il réussi à faire ça de moi ? Une adolescente survoltée en pleine crise d'hormones ? C'était la première fois que je me sentais comme ça : hypersensible, tendue, électrique. J'avais envie de rire et de pleurer à la fois. Même Ian qui avait été le grand amour de ma vie ne me faisait pas cet effet-là !

La veille, je m'étais sentie fondre comme un loukoum quand il m'avait prise dans ses bras et avouer être incapable de me résister. Je ressentais la même chose. C'en était vertigineux.

Et depuis cette nuit, depuis que j'avais cessé de combattre mes désirs, je me sentais en paix. Ça se lisait sur mon visage. J'expirai l'air de mes poumons. Allez ! J'essayai de m'encourager à jouer ce dernier acte avec Stefen. La comédie s'achevait ce soir. Ce soir, je serai une femme libre d'aimer qui je veux.

Mes yeux s'agrandir d'effroi. Avais-je bien dit le mot que je croyais bien ne jamais dire ? Non ! Je me rassurai. C'était une façon de parler. Oui, j'aimais bien Anton, c'était indéniable. Il y avait une vraie alchimie entre nous. Mais je ne voulais pas prendre le risque de sonder plus loin mon cœur.

J'avais accepté de laisser s'exprimer mon corps et ma libido avec Anton. C'était déjà un grand pas pour moi. Ne parlons pas sentiments !

Pourtant, je me morigénai mentalement en voyant des larmes pointer aux bords de mes cils menaçant de ruiner mon maquillage. Sa déclaration à demi-mot qu'il préférait cent fois les mystérieuses ensorceleuses aux princesses naïves et innocentes m'avait été droit au cœur.

J'étais consciente d'avoir souvent tenu le mauvais rôle dans mes histoires sentimentales : celle qui manigance, celle qui trompe, celle qui ment, celle qui manipule, celle qui blesse, celle qui cause du tort.

Mais je n'avais rien d'une victime. Quand je me sentais agressée, je mordais jusqu'au sang. Aurais-je dû rester les bras ballants quand Ian me délaissait, l'esprit occupé par Bella ? Aurais-je dû rester sans rien faire quand je l'ai vue s'immiscer dans notre vie de famille ? Aurais-je dû accepter sans broncher quand Matthias s'est fiancé avec moi alors qu'il était déjà marié ? Aurais-je dû féliciter hypocritement Bella et Anika de leur bonheur quand je me morfondais comme une âme en peine ?

Ah ! Non ! Je n'étais pas ce type de femme. Je ne courbais pas l'échine ni ne tendais l'autre joue. On m'attaque ? Je me défends et je rends à mon agresseur la monnaie de sa pièce.

En vérité, je n'avais jamais compris la résignation de ma mère quand mon père nous avait quittées. Pourquoi ne s'était-elle pas battue pour l'homme qu'elle aimait ? Pourquoi n'avait-elle pas retenu le père de sa fille, quel qu'en soit le prix à payer ? Moi, j'avais eu tant de colère ! Après mon père, après ma mère ! Ne voyaient-ils pas à l'époque qu'ils m'abandonnaient, qu'ils me sacrifiaient ? Je m'étais promis de ne plus jamais m'oublier au profit de quelqu'un d'autre et surtout de me battre jusqu'au bout pour obtenir ce que je désirais.

Le problème était qu'au fil du temps j'avais confondu désir et besoin. Et force était de constater que mes désirs ne correspondaient pas toujours à mes besoins : Ian, Matthias, Stefen, aucun d'eux ne répondaient à mes attentes.

Mais qu'attendais-je vraiment de la vie et d'une relation ? En réalité, je n'en savais rien. Seulement l'honnêteté d'Anton, hier soir, avait enlevé un poids énorme de mes épaules.

Je n'avais pas à cacher la méchante en moi. Lui aimait cette facette de ma personnalité.

Être moi. Ce n'était déjà pas si mal. Et avec Anton, je ne me travestissais pas. Je ne jouais pas le rôle de femme fatale qui était devenue mon masque. Je n'avais rien fait pour le séduire. Dès le début, nos rapports avaient été directs, sans fard, sans filtre. Et je crois que ça avait été très rafraîchissant pour moi.

L'interphone sonna. Je sursautai. Il était temps que je sorte de ma rêverie. *The show must go on.* Je jouais ce soir le dernier tome de mon roman inachevé avec Stefen.

— Tu es prête, ma chérie ? demanda maman depuis le salon.

Les Holz l'avaient également invitée. Tout Niederschwiller en somme ! Maman était très élégante dans un tailleur noir pailleté.

— Tu es superbe ! Je crois bien qu'un certain monsieur va regretter son départ !

— C'est peut-être mieux comme ça…

— Oui. D'autant que la place est prise, n'est-ce pas ?

J'interrogeai ma mère du regard.

— Je suis une vieille femme. J'ai le sommeil léger et les cloisons de cet appartement sont fines.

Je lui fis un clin d'œil et nous rejoignîmes Stefen bras dessus bras dessous. Adossé à sa voiture stationnée devant chez nous, il était fascinant en smoking noir. J'en restais bouche bée. Cet homme était incroyablement beau. Mais même si je ne pouvais que le reconnaître, mon cœur ne battait pas plus vite pour autant. La nature était tout de même mal faite !

Lui me fixait avec envie des étoiles plein les yeux.

— J'ai vraiment la chance d'escorter les plus belles femmes d'Alsace. Non ! De France !

Ma mère était aux anges et s'égosillait comme un moineau en remerciements et en compliments. Il nous conduisit jusqu'au *Cheval blanc,* où Béatrice avait privatisé le jardin d'hiver pour cette réception. Ce bâtiment avait un charme fou et une classe internationale. Je connaissais cet endroit par cœur, mais ce soir-là, je le trouvais particulièrement beau. Les illuminations de Noël faisaient ressortir la noblesse de la façade et son caractère imposant.

Je pris le bras de Stefen et nous fîmes notre entrée. Tous les cadres de l'entreprise Holz étaient là. Les femmes portaient des tenues de soirée et les hommes le costume. Je vis Bella venir à notre rencontre.

— Bienvenue Herr Holz ! Bonjour Tamara ! Chantal ! Je vous en prie, entrez.

Bella portait une robe longue à volants dans les tons gris. Ses yeux scintillaient comme de la neige. La maternité lui allait bien. Elle était jolie. Derrière elle, Ian vint nous saluer à son tour. Il me gratifia d'un regard perçant et éloquent. Je fronçai les sourcils et lui intimai silencieusement de se mêler de ses affaires. Sa mise en garde muette était inutile.

Je scannai la foule à la recherche d'une silhouette longiligne. Mes yeux ne tardèrent pas à repérer leur cible. Mon cœur manqua un battement. Anton était en pantalon de ville bleu marine, un t-shirt blanc et une veste assortie. Quoique plus décontracté que tous les autres hommes de l'assemblée, je le trouvais incroyablement beau et sexy. Il tenait ses mains dans ses poches tout en riant avec son interlocuteur. Il dut sentir mon regard, car il tourna sa tête vers moi. Son sourire mourut sur ses lèvres. Il me détailla de la tête au pied. Ses prunelles noires devinrent intenses d'une couleur plus sombre que l'encre. Je ne cillai pas. La tension et le désir entre nous étaient palpables.

Je détournai le regard avec contrariété quand je vis Lisa lui prendre le bras pour le mener au bar. Je papillonnai des cils pour évacuer les brumes de désir qui noyaient mes yeux. Juste quelques heures à tenir et je pourrais profiter de cet homme à ma guise.

Stefen était un vrai gentleman, car il alla me chercher une coupe de crémant. Je saluais les clients de l'hôtel à qui j'avais effectué des soins durant cette semaine, ainsi que les gens du village présents à la fête : les Muller, les Lang, les Chang. Il me tira discrètement par le coude et me présenta à son père le

Président Holz. Je l'avais croisé à plusieurs reprises, mais cette fois-ci, je ne pus m'empêcher de me sentir intimidée.

Le business man me détailla d'un œil perçant. Je sentais au fond de ses prunelles bleues une forme de désapprobation. Il resta néanmoins poli, mais ses échanges avec Stefen étaient empreints de menaces voilées.

— Je suis content si ce séjour t'a apporté des distractions aussi séduisantes, mais il est temps de revenir à la réalité, mon garçon. Nous rentrons demain à Stuttgart où un certain nombre d'obligations nous attendent. Et toi plus que d'autre.

Je vis les deux hommes s'affronter en un combat de regards. Le patriarche ne céda pas. Stefen serra les poings, contracta les mâchoires. Ce fut bref, car il reprit vite contenance et son rôle de dandy qui le caractérisait.

— Oh ! Papa ! Je t'en prie ! Certaines distractions peuvent devenir des obligations et inversement. Ne prends donc pas tout si au sérieux.

Le Président Holz faillit s'étouffer d'indignation dans son verre. Il nous tourna brusquement le dos pour nous ignorer.

— Qu'est-ce qu'il se passe au juste ?

— Oh ! Vous savez ! Je ne voudrais pas vous ennuyer avec mes problèmes de riche, mais… nous autres ne sommes pas toujours maîtres de nos destins.

Je scrutais Stefen, car je percevais chez lui une gravité inhabituelle.

— Allons danser !

Je le suivis sur la piste, il m'enlaça et me fit tourner comme une princesse. Je riais malgré moi, car il avait le sens du spectacle.

— Dites-moi, Tamara ? Si là, maintenant, je vous demandais de vous enfuir avec moi, vous me suivriez ?

Je me redressai pour capter son regard, car je ne parvenais pas à saisir s'il plaisantait ou pas. Son sourire taquin me disait que oui, mais son regard préoccupé me disait que non. *Um Gottes will.* Il y a encore deux jours, je lui aurais crié que « oui, je m'enfuis sur-le-champ avec vous ».

Mais mon regard chercha celui d'Anton dans l'assemblée. Je n'eus pas de mal à le trouver. Adossé à un pilier de la salle, il ne me quittait pas des yeux. Rassurée, je me tournais vers mon partenaire.

— C'est une proposition tentante. Mais ma vie est ici.

— Hum ! Je pensais bien que vous me répondriez cela. Vous avez votre fille, votre mère, votre travail.

— Précisément.

Il me sourit d'un air mélancolique. Il me donna une pichenette sur le nez en reculant doucement. La musique s'arrêta, il me fit un baise-main digne d'un film de cinéma en s'inclinant respectueusement devant moi.

— Si vous changez d'avis… Vous savez où me trouver.

Je restai seule sur la piste de danse, encore étonnée par son étrange proposition. Je sursautai quand je sentis une main sur ma taille. Je me retournai. Anton était devant moi et me tendait la main.

— Tu m'accordes cette danse ?

Je lui souris et posai mes mains sur ses épaules. Il me serra tout contre lui, sa joue posée sur le haut de mon crâne. Mon nez effleurait à peine son cou. Je fermai les yeux de bien-être. Qu'est-ce que j'étais bien dans ses bras !

— Qu'est-ce qu'il te voulait ?

— Que je m'enfuie avec lui.

— Quoi ?

Il s'écarta d'un coup pour plonger son regard dans le mien. J'y vis de l'inquiétude et de la colère.

— Et t'as dit quoi ?

— Que je restais ici.

Il se mordit les lèvres en adressant une prière muette au ciel. Il me serra de nouveau contre lui, plus fort cette fois-ci. Je liai mes bras derrière sa nuque.

— J'anime un réseau clandestin de vilains petits secrets. Je ne peux pas m'en aller comme ça.

Il rit contre ma poitrine et je fermai les yeux de plaisir en sentant les ondes de son rire se propager en moi. Quand la musique cessa, je rouvris les yeux et croisai le regard vaincu de Stefen. Il se détourna pour aller rejoindre sa sœur.

— Tu m'accordes cette danse ? En souvenir du bon vieux temps ?

Je sursautai en entendant la voix de Ian. Bella était à ses côtés. Ils venaient d'achever leur danse. Elle tendit la main à Anton pour l'inviter à son tour. Il me regarda en souriant et haussa les épaules pour me signifier qu'il n'avait pas le choix.

Ian me prit dans ses bras. Je posai mes bras sur ses épaules et le scrutai d'un œil neuf. Il y a encore quinze jours, j'aurais donné un de mes reins pour vivre un moment comme celui-là. Le voir abandonner sa femme pour m'inviter, moi. Et maintenant que je le tenais là devant moi… eh bien… je me disais que j'étais passée à autre chose. *Um Gottes Wille !* Qu'avait-on fait de moi ? Je ne me reconnaissais plus ! Mon regard glissa vers le couple d'à côté et je sentis mon corps se raidir en voyant Anton faire rire Bella en la faisant tournoyer.

— Tout doux…, me souffla Ian. Ils ne font rien de mal.

Je le fusillai du regard.

— Je le sais bien ! Mais si tu n'as pas peur qu'il lui fasse perdre les eaux sur la piste, c'est ton problème ! Je pensais que tu tenais plus à *Microbe* que ça…

Ian se mit à rire en me serrant plus fort contre lui.

— *Ah yo* Tam ! Si tu n'étais pas toi, le monde serait bien moins amusant !

— Ravie de te faire rire…

Je continuais de surveiller le couple d'à côté, prête à intervenir si Bella tentait un geste déplacé. Elle serait bien capable de me voler celui-là aussi !

— Je tenais à te féliciter.

— Pour quelle raison ?

— Pour avoir fait le bon choix.

— Quoi ? Quel choix ?

Il me désigna Anton du menton.

— Lui.

Je suivis son regard et rougis comme une écolière. Il me rendit mon sourire en me gratifiant d'un clin d'œil tendre et bienveillant. Il me pressa davantage contre lui. Je me laissai aller. Je n'avais pas besoin de son approbation, toutefois elle me fit chaud au cœur.

Chapitre 14

Anton

Je fixai le plafond blanc de la chambre de Tam, son corps chaud lové contre le mien. Je réfléchissais à ma situation. Avec la fin du séminaire Holz, je me retrouvais à la case départ. Pas de travail, pas de logement, pas de droit de garde. Je soupirai de découragement. Je glissai un regard vers Tam. Qu'est-ce qu'elle pouvait être belle !

Il n'y avait qu'à son sujet que les choses avaient évolué et de manière plutôt positive. Enfin à moitié positive. Certes, elle m'avait choisi… mais pour être son amant secret. Pour être honnête, je ne pouvais pas le lui reprocher. Vu ma situation, aucune femme ne souhaiterait se pavaner à mon bras.

— Ça ne va pas ? me demanda-t-elle en faisant courir ses doigts sur mon torse.

— Je suis au chômage. Les Holz sont partis. Ma mission de gardiennage prend fin aussi au *Cheval blanc.*

Elle se redressa sur un coude. Ses longs cheveux noirs cascadèrent sur sa poitrine. Elle remonta la couette à elle. Mon Dieu ce qu'elle était belle !

— Béa pourrait prolonger ton contrat ?

Je haussai les épaules.

— Je ne sais pas. Je ne crois pas. Il n'y a plus de belles voitures à surveiller.

— Qu'est-ce que tu vas faire alors ?

— Je n'en sais rien.

À la voir si rayonnante ce matin, j'en avais le cœur lourd. J'avais été un gros égoïste à la retenir ainsi. Elle aurait dû suivre Holz. Je n'avais rien à lui offrir !

Elle fronça les sourcils d'un air préoccupé et fit glisser son doigt sur mon front.

— C'est quoi ce pli soucieux, là ?

— T'as peut-être misé sur le mauvais cheval…

Ses yeux s'agrandir de stupéfaction.

— Holz vaut bien mieux que moi…

Elle renifla d'un air dégoûté en croisant les bras sur sa poitrine.

— Il n'est peut-être pas trop tard. Je peux encore le rappeler, me jeta-t-elle d'un ton mauvais.

Je me tournai vers elle, choqué par sa réponse. Une vague d'objections primaires me submergea. Jamais je ne consentirais à la laisser partir. Je préférais être son vilain petit secret, son jouet, son toutou, tout ce qu'elle voulait bien faire de moi. Tout plutôt que de la voir au bras d'un autre !

— T'es sérieuse ?

— Et toi ? T'as fini ton numéro de loser ?

Piqué au vif, je me levai du lit. J'empoignai mon boxer pour me rhabiller. OK, elle avait réduit mon ego à néant, mais quand même j'avais un minimum de fierté !

— Si c'est comme ça que tu me vois…

— Si c'est comme ça que tu te vois…

Je m'immobilisai réalisant qu'elle me défiait. Mes épaules s'affaissèrent d'un coup.

— Excuse-moi. Je suis un vrai con.

— Je ne te le fais pas dire.

Je me tournai vers elle un sourire narquois sur les lèvres. J'aimais son mauvais caractère, son franc-parler, sa franchise à toute épreuve. Sa méchanceté et son honnêteté étaient étonnement rafraîchissants. Son regard orageux se dissipa au profit d'un beau sourire.

— Tu vas bouger ton cul et trouver quelque chose. Si tu veux, je peux demander à Ian s'il a besoin d'aide à la ferme ?

— Non merci. Pas chez ton ex.

— Ah ben ! Si tu y mets de la fierté mal placée !

— Je sais que tu as eu une vie avant moi, mais si tu pouvais éviter de te frotter à tes ex devant moi comme tu l'as fait hier, ça m'arrangerait.

— Quoi ???

Elle me poussa violemment contre la tête de lit. Je perdis l'équilibre. Elle en profita pour m'enfourcher à califourchon. Elle empoigna mes cheveux pour basculer mon visage vers elle.

— Primo, il n'y a plus rien entre Ian et moi depuis belle lurette. Deuxio, t'es mal placé pour me faire la morale. Je te rappelle que t'as fait ton beau avec sa femme sur la piste de danse. Tertio, t'imagines même pas comme ça m'excite quand tu es jaloux comme ça…

Elle fondit sur ma bouche. Je m'accrochai à ses hanches, enivré par son baiser.

— Alors, j'appelle la ferme où tu continues à faire la fine bouche ?!

— Ah ! Tu m'énerves ! Je vais y réfléchir, t'es contente ?!

— Où tu vas ?

J'étais décidé à prendre mon avenir en main avant qu'elle ne s'en mêle. Je devais donc cesser de céder à ses charmes. Je la repoussai doucement. J'étais maintenant habillé et prêt à partir.

— Je vais voir mon chien.

— Tu m'abandonnes pour ton chien ?

— J'ai plusieurs femmes dans ma vie, tu sais. Il va falloir t'y faire !

— Ah ! Oui ?

— Ouais ! Il y a ma fille, il y a ma mère, il y a ma chienne…

J'énumérais lentement sur mes doigts. Je ne pouvais pas m'empêcher de la faire enrager. Elle était belle quand elle était en colère.

— T'es vraiment qu'un petit branleur !

Elle me jeta son oreiller au visage. J'éclatai de rire. Mais à ce moment mon téléphone sonna. Je répondis aussitôt, il s'agissait de mon oncle.

— Salut, Christian ! Quoi de neuf ?

— Tes parents sont là.

— Quoi ???

— Ils ont débarqué ce matin. Ils veulent te voir. Toi et Lin, bien entendu.

— *Verdammi* !

— Viens dîner ce soir avec nous, OK ?

Je raccrochai le regard perdu dans le vide.

— Qu'est-ce qu'il y a ? me demanda-t-elle.

— Mes parents.

— Eh bien ?

— Ils sont là. Ils sont venus voir Lin.

— Oh… C'est une bonne chose, non ?

Je haussai les épaules. D'un bond, je grimpai sur le lit, pour l'embrasser sur la bouche.

— Je n'en ai aucune idée. On dîne avec eux ce soir.

— Comment ça « on » ?

— Toi, moi, Lin.

— Hein ? Je ne vais pas voir tes parents, moi !

— Pourquoi ?

— Mais… parce que !

— Je connais bien ta mère, je ne vois pas où est le problème.

— Mais… enfin… Non !

— J'ai besoin de toi, Tam.

Elle fronça les sourcils, d'un air interrogatif.

— Mon père n'a pas vraiment sauté de joie en apprenant ma paternité. Je n'ai pas envie qu'il fasse de la peine à Lin en disant des choses blessantes. Je serais plus rassuré que tu sois là et que tu la préserves si ça dégénérait.

Je vis les yeux de Tam flamboyer de colère et ses narines frémir. *Gott* ! Elle était divine dans cette attitude guerrière. J'étais vraiment foutu. Je le sentais. Je l'aimais dans toutes les facettes de sa personnalité de la plus lumineuse à la plus sombre. Et je sentais au plus profond que l'avoir près de moi ce soir me rendrait plus fort pour faire face à mes parents.

— Tu peux compter sur moi. Il n'est pas né celui qui fera du mal à ce petit bout chou !

La maison de mon oncle était une maison de bourg caractéristique de l'Alsace. Une imposante longère sur trois étages, perpendiculaire à la rue. Une cour pavée. Une grange faisant face à l'habitation principale. Le style agricole convenait parfaitement à l'activité vigneronne.

Mon oncle recevait ses clients dans un showroom aménagé dans la grange. La production se faisait dans une cave située aux abords du village. Là-bas tout y était moderne et adapté à la vinification.

Mais pour les touristes, rien ne valait le charme et le folklore d'une vieille demeure alsacienne à colombage, toit pentu de tuiles oranges, et fenêtres à vitres bombées pour protéger ses habitants des regards curieux.

Cette maison m'avait toujours plu. C'était la maison familiale des Lang. Mon oncle en avait hérité lorsque mes grands-parents étaient décédés. Ma mère avait eu des terres agricoles qu'elle louait à son frère pour les besoins de l'exploitation.

D'une certaine manière, j'étais un peu partie prenante dans cette entreprise familiale, même si ma mère s'était dégagée de toute responsabilité dans la gérance. Mon oncle était seul maître à bord.

Ce fut ma tante Hélène qui nous accueillit.

— Quel plaisir de te revoir, *Schatzele* ! s'exclama-t-elle en tendant les bras à Lin. Entrez, entrez, *Kinder*[27] ! Ne restez pas sur le pas de la porte, il fait froid.

Je pris la main de Tamara pour franchir le seuil de la maison.

— Hélène, je ne te présente pas Tamara, je suis sûr que vous vous connaissez.

Ma tante capta nos mains liées et m'adressa un sourire bienveillant.

— Bien sûr qu'on se connaît. Je me rends au salon de coiffure tous les mois. Comment va ta maman ? Elle a été bien occupée au *Cheval blanc* cette semaine. Je n'ai pas pu avoir mon rendez-vous habituel !

------

[27] *Mes enfants*

— Bonjour Hélène. Oui, maman a été réquisitionnée par Béatrice pour faire un certain nombre de soins à des clients allemands venus en séminaire.

— Oh ! Très bien ! Je suis contente pour elle ! Je la verrai la semaine prochaine, et puis voilà ! Donnez-moi vos manteaux et puis venez !

Elle nous introduisit dans la salle au milieu de laquelle trônait un magnifique poêle en faïence verte de toute beauté. Il y avait quelques chaussettes suspendues, dont celle de Will et la mienne. Je souris à cette attention de ma tante. Cet endroit était un véritable voyage dans le temps.

Près de la table, mon père et ma mère se tenaient un peu en retrait, complètement absorbés dans l'examen de Lin. Ma mère avait les yeux brillants de larmes, mon père était blanc comme un linge, les lèvres serrées en une ligne mince. Ma fille ne les avait pas encore vus. Elle admirait le sapin décoré en touchant les jolies boules en verre du bout des doigts.

— Dis bonjour à tes grands-parents, lui dis-je avec douceur.

Lin leva les yeux vers moi d'un air interrogateur et je lui désignai mes parents. Elle se dirigea à petits pas vers eux et s'inclina comme le fond les Asiatiques. Aussitôt ma mère s'agenouilla et lui tendit les bras.

— Viens-là, ma toute petite ! Oh ! Que tu es belle ! Je suis ta grand-mère Odile. Et voici ton grand-père Antoine.

Intimidée, elle leva les yeux vers mon père. Il se racla la gorge avec gêne et lui fit un signe de tête.

— Papa. Maman, les saluai-je avec réserve.

Christian vint près de moi en me tapant gentiment sur l'épaule.

— Salut, mon garçon. Eh bien, eh bien... tu es venu accompagné ? Présente-nous !

— Oh ! fis-je en me tournant vers Tam. Je suis sûr que vous la connaissez déjà, il s'agit de Tamara Hofner, la fille de Chantal du salon de coiffure.

— *Ah yo* ! s'exclama ma mère, j'ai été à l'école avec ta mère ! Je la connais bien !

— Je lui dirai que je vous ai vue. Ça lui fera sûrement plaisir.

— *Ah yo !* Nous ne nous sommes pas vues depuis une éternité.

— Vous n'êtes pas la mère de Lin, alors ? Anton nous a dit qu'il s'agissait de la fille des propriétaires du *Dragon royal*, demanda mon père.

— Chinh est hospitalisée actuellement. Elle m'a appelée pour que j'aide ses parents pendant son absence.

Mon père renifla de mépris et se mura dans un silence réprobateur. Ma tante Hélène nous proposa aussitôt un apéritif pour rompre le malaise.

— J'ai un petit cadeau pour toi, Lin.

Ma mère lui tendit un paquet, qu'elle ouvrit avec un sourire ravi.

— Pour moi ?

Elle enleva le papier et découvrit une chaussette marquée de son nom à installer sur la cheminée.

— Nous avons commandé une petite chaise gravée de ton nom quand tu nous rendras visite, ajouta ma tante. Nous devrions la recevoir pour Noël.

Les yeux de Lin s'illuminèrent comme des étoiles.

— Je peux mettre ma chaussette à côté de celle de papa ? demanda-t-elle en rougissant.

Un sentiment de bonheur indicible me gagna quand je la vis poser sa chaussette près de la mienne sur les rebords du poêle en faïence.

À ce moment, la porte d'entrée s'ouvrit sur Will qui entra en claironnant.

— Salut la compagnie ! La fête peut commencer, le plus beau est arrivé !

Sa bonne humeur communicative détendit tout le monde et nous commençâmes les festivités du repas.

— Je suis très étonné de te trouver là Tamara. Tu sais bien que je ne t'ai pas donné ma bénédiction.

Je donnai un violent coup de pied à mon cousin sous la table.

— Quoi ? Pourquoi tu me tapes ?

— Ferme-la ! grognai-je.

— Han ! Tu amènes ta petite copine ici sans m'avoir demandé la permission ? C'est une honte !

Malgré le ton taquin de mon cousin, le mal était fait, je vis mon père darder des yeux accusateurs sur moi.

— Ta petite copine ? C'est quoi cette histoire ? Tu fricotes pendant que ta femme est à l'hôpital ? tonna mon père.

— Chinh n'est pas ma femme, papa.

— J'espère bien qu'elle va le devenir ! Tu vas me faire le plaisir de régulariser cette situation en offrant un foyer à la mère de ta fille ! Et arrêter de batifoler à droite et à gauche ! Quand vas-tu grandir à la fin ? Tu n'en as pas assez de faire n'importe quoi ? Tu oses te présenter devant nous avec ta dernière conquête en date ? Sérieusement, Anton ? Tu crois que je vais accepter ça encore pendant longtemps ?!!!

— Antoine ! Tais-toi, s'exclama ma mère, outrée.

— Non, je ne me tairais pas. C'est inadmissible de se comporter avec autant de légèreté ! Tu es père de famille maintenant. Tu as des devoirs et des responsabilités : la première étant de mettre ta fille et sa mère à l'abri du besoin. Qu'as-tu prévu pour cela ? Hein ? De quoi tu vas vivre ? Il te faut une maison, un travail, une situation ! Qu'as-tu prévu pour ça ?

Mon père s'était levé d'un bond en écrasant son poing sur la table. Les verres et les couverts avaient vacillé menaçant de tomber à terre. Tout le monde se tassait sur sa chaise. Sur ma droite, je vis Tamara se crisper.

Elle m'adressa un regard à la fois outré et compatissant. Elle comprenait maintenant où je voulais en venir quand je lui avais demandé de m'accompagner. À la manière dont elle serra la mâchoire, je compris qu'elle prenait sur elle pour ne pas remettre vertement mon père à sa place. Au lieu de cela, elle se pencha vers Lin pour lui chuchoter quelque chose à l'oreille. Les deux se levèrent et sortirent dans le jardin.

— C'est bon ? T'es content de ton petit esclandre ? Et devant ma fille avec ça ? grinçai-je en me levant à mon tour.

Je le fixai sans sourciller. Je bouillais de rage. Mes muscles tremblaient de fureur. Comment osait-il élever la voix ? Il avait sûrement fait peur à Lin. Moi, je ne le craignais plus depuis longtemps, mais je n'accepterais pas qu'il terrifie ma fille.

— Ça suffit, maintenant ! cria Christian. Pas de bagarre chez moi ! Rasseyez-vous immédiatement ! Ou sortez régler vos affaires dans la rue. Je ne tolérerai aucune violence chez moi !

Un silence pesant s'abattit dans la salle.

— Très bien ! Allons dehors !

Mon père me suivit d'un pas rageur et claqua la porte derrière nous. Je marchai encore quelques pas dans la rue et me retournai d'un bloc sur lui.

— Tu vas me les briser encore pendant longtemps ? lui aboyai-je dessus.

— Pardon ? Je te demande pardon ? Comment oses-tu ?

— Je vais régler cette situation à ma manière, tu entends ! Tu n'as rien à dire !

— Ah ! Oui ! Je suis bien curieux de voir comment tu vas t'y prendre sans argent ni travail. Tu crois que je ne sais pas que tu as donné ton congé à la gendarmerie ? Tu crois que je ne sais pas que tu vis chez ton cousin ? Sur son canapé ?

— Je ne te demande rien ! Alors, ne te mêle pas de ça !

— Oh que si que je vais m'en mêler, parce qu'il est hors de question que je te vois ruiner la vie d'un enfant sans défense, tu as compris ? Il ne s'agit pas que de toi, cette fois-ci ! Il s'agit de la vie de ma petite-fille. Alors, écoute-moi bien, je suis prêt à te prêter de l'argent à certaines conditions. Romps avec cette espèce de créature que tu as eu le front d'amener ici. Tu crois que nous ne connaissons pas sa réputation. Sa mère est une brave femme, mais elle ? Elle ?! Une mère célibataire sur qui tout le village est passé ! On ne compte plus les ménages qu'elle a brisés ! Fini de t'amuser avec ce genre de femmes, tu m'entends ? Répare tes conneries : demande la mère de Lin en mariage. Et je fais en sorte que vous ayez un endroit décent où vivre tous les trois !

Quand j'entendis un cri de stupeur étouffé derrière moi, je restai pétrifié en voyant Tamara. Elle était plantée au milieu de la rue, seule. À quelques mètres de nous seulement, elle avait tout entendu.

— Tam ? Tam !

Elle reculait comme sous le choc des insultes de mon père.

— Anton, reste ici, nous n'avons pas terminé cette discussion !

— Va te faire foutre !

Sans autre forme de procès j'abandonnai mon père pour courir derrière Tam qui s'enfuyait à pied.

— Tam ?

Après plusieurs minutes de course, je l'interceptai et la forçai à s'arrêter.

— Tam ? Je suis désolé ! C'est un connard arrogant qui croit pouvoir tout régler avec son fric. Ne crois pas un traître mot de ce qu'il a balancé.

Elle réprima un rire sarcastique.

— J'ai vraiment le chic, moi ! À chaque fois c'est la même chose ! Les Muller ne m'ont jamais vraiment acceptée. Ils ont été soulagés de me voir sortir de leur vie. Et je vois que dans ta famille c'est exactement pareil ! Décidément, on n'échappe pas à ce que l'on est ! Mais tu sais quoi ? Je m'en fous. J'ai toujours eu le rôle de la méchante et de la salope de service ! Je suis habituée. Moi je ne suis pas celle qu'on épouse. Je ne suis pas la princesse des contes de fées. Alors tu sais, quoi ? Retourne auprès de ton paternel. Et marie-toi bien gentiment à la Chang. C'est ce que tu as de mieux à faire ! Et au fait… j'ai ramené Lin à la maison, au cas où ça t'intéresserait…

Elle me planta là en me poussant avec violence.

— Anton ! Anton !

C'était ma mère qui accourait vers moi.

— Lin s'est fait mal. Elle pleure. Elle te réclame. Viens !

Complètement tiraillé, je regardai Tam rentrer chez elle la mort dans l'âme. Je ne savais plus si je devais la suivre ou rentrer auprès de ma famille. Et merde ! Comment les choses avaient-elles pu déraper à ce point-là ? Jamais je n'aurais dû exposer Tam de cette manière-là ! Mon père était décidément le roi des cons !

— Allez, Anton ! Dépêche-toi !

À la maison, je découvris ma petite Lin, blottie dans les bras de ma tante. Elle s'était cogné la tête contre le coin de la table, et un bel œuf était en train de pointer.

— Papa ! me dit-elle en me tendant ses petits bras.

Je la pris sur mes genoux pour la cajoler. Ma tante me tendit une petite poche de froid à appliquer sur l'hématome.

— Je crois qu'on va rentrer.

— Quoi ? Mais non, s'interposa ma mère.

— C'était une mauvaise idée de venir ici. Papa a insulté Tam et Lin s'est blessée.

— Non, s'il te plaît, m'implorèrent ma mère et ma tante. Ne fais pas attention à ton père. J'en fais mon affaire.

— Où est Tam ? me demanda soudain Will en inspectant la pièce.

— Elle s'est barrée. Papa l'a presque traitée de putain.

— Quoi ? Sérieux !

— Tu ne connais pas mon vieux, toi !

— Mais il faut la rattraper ! Tu ne peux pas la laisser partir comme ça !

— Tu ne vois pas qu'il faut que je m'occupe de Lin ! hurlai-je à bout de nerf.

— Maman et tata vont la garder. Allez ! Bouge ton cul ! On va la chercher !

Will déposa ma fille dans les bras de sa grand-mère. Il me tira par le bras en saisissant ses clés de scooter au passage.

Accroché à la taille de mon cousin, je voyais les petites rues de Niederschwiller défiler sous mes yeux. Tam… *Um Gottes will*. Qu'est-ce que j'avais fait ? Pourquoi l'avais-je amenée là-bas ? Dans la fosse aux lions ? Elle s'en était pris plein la figure pour rien. Tam ou pas, jamais de la vie je n'épouserai Chinh, jamais ! Mais à quoi pouvait donc penser mon père ?

Il n'y aurait pas pire configuration que d'élever Lin entre deux parents qui ne s'aimaient pas ! Et pourquoi salir Tam de la sorte ? Je grinçai des dents, car je ne doutais pas que quelques âmes malveillantes du village se soient fait un plaisir de renseigner ma mère. Tout le monde s'arrogeait le droit de juger tout le monde ici. Il n'y avait rien qui n'était pas connu des habitants de ce petit village ! *Dunderwadel*, Tam ! Où étais-tu ?

Will freina d'un coup sec devant son immeuble. Je sautai du scooter pour monter les escaliers quatre à quatre. Je tambourinai sur la porte.

— Tam ! Tam ! Ouvre-moi !

La porte s'ouvrit sur Chantal, blanche comme un linge et les larmes aux yeux.

— Anton ? Mais que s'est-il passé ? Je n'ai jamais vu Tam dans cet état ! Elle a pris des affaires qu'elle a jetées dans un sac en me disant qu'elle partait ! Qu'elle en avait marre de cet endroit, que les gens étaient pourris et que les choses ne changeraient jamais. Elle m'a dit qu'elle avait eu tort de laisser passer sa seule chance de fuir ce trou et qu'elle regrettait sa décision. Bon Dieu, mais de quoi parlait-elle ? Qu'est-ce qui s'est passé ?

— Oh ! Ce n'est pas vrai ! Stefen…

— Quoi ?

— Elle est partie rejoindre Herr Holz ! J'en suis sûr !

— Quoi ???

Will et Chantal s'étaient exclamés d'une même voix.

— Ce n'est pas possible ! Tam ne ferait jamais ça ! Elle ne partirait pas sans Savannah !

Je me pris la tête entre les mains en gémissant.

— C'n'est pas possible !

— Filez chez Ian ! hurla Chantal. Tout de suite ! C'est impossible que Tam soit partie sans aller voir sa fille avant ! Vite ! Partez ! Oh, Tam, non ! Ne fais pas ça, je t'en supplie !

Chantal s'effondra en pleurs devant sa porte. Le cœur brisé, je me sentais impuissant à la réconforter. Will me tirait déjà par le bras.

— Je ne sais pas ce qui se passe, grogna-t-il, mais ça ne sent pas bon. Ça ne sent pas bon du tout !

Chapitre 15

Tamara

Je fis une grimace dégoûtée au rétroviseur de ma fiat 500, en voyant mes yeux de panda noircis. Mon mascara avait coulé. Je ne ressemblais à rien. J'accélérai comme une folle afin d'atteindre la maison de Ian. Je devais voir Savannah de toute urgence.

Je m'arrêtai sur le trottoir dans un crissement de pneus. Je tapai sur la porte comme une furie.

— Ian ! Ouvre-moi ! Ouvre-moi, je te dis !

Ce fut Bella qui ouvrit la porte avec méfiance en protégeant son ventre de la main.

— Tamara ? Mais qu'est-ce que tu fais là ? À cette heure-ci ?

— Je veux voir Savannah !

— Elle est dans son bain, voyons. Elle s'apprête à aller se coucher. Pourquoi tu veux la voir ?

— Mêle-toi de tes oignons, tu veux ?

Elle recula d'un pas, choquée par la violence de mon attitude.

— Qu'est-ce qui se passe, ici ? tonna une voix grave au timbre fêlé que je reconnaissais entre toutes.

— Qu'est-ce que tu fais ici, Tam ?

— Je veux voir Savannah. Maintenant !

— Il n'en est pas question ! Pas dans l'état où tu es ! Tu veux lui faire peur ou quoi ?

Ce fut moi qui reculai d'un pas. Je devais avoir l'air d'une folle. Je sentis des larmes poindre. Non ! Je n'allais pas pleurer devant eux !

— Bon sang ! Tam ! Qu'est-ce qui se passe ?

Bella referma la porte et me guida dans le salon où elle me fit asseoir.

— Raconte-nous. Ça a quelque chose à voir avec Anton ?

— Il n'y a rien à dire. Je veux juste voir Savannah. S'il vous plaît, dis-je d'une voix brisée.

Les deux échangèrent des regards contrits et inquiets.

— S'il est arrivé quelque chose, tu dois nous le dire, insista Ian.

Je me mis à rire d'un ton sarcastique.

— Rien que la routine, Ian. Des insultes et des jugements à l'emporte-pièce ! J'en ai marre d'être la salope de service, c'est tout. Dès qu'il arrive quelque chose de bien dans ma vie, on s'acharne à le détruire ! Je pars quelque temps. J'ai besoin de prendre du recul et surtout de partir loin d'ici.

Choqués, je les vis se regarder avec ébahissement.

— Tu veux partir ?

— Je prends quelques jours de vacances, OK ? Je veux juste embrasser Savannah avant de partir, c'est possible ?

Ian passa nerveusement sa main dans ses cheveux en tirant fortement sur son cuir chevelu.

— Je ne sais pas, Tam… Je ne veux pas que ça la perturbe. Elle va s'inquiéter de te voir comme ça !

— *Ah yo* ! Bella ! Je suis en pyjama ! Je t'attends pour continuer l'histoire qu'on a entamée hier ! claironna soudain Savannah en déboulant dans la pièce. Maman ?!

— Bonjour, ma choupinette.

Je lui souris soulagée de la voir se matérialiser devant moi. Mon cœur se gonfla de regrets. J'avais envie de l'embrasser et de pleurer à la fois. Mais le regard menaçant de Ian m'obligea à me ressaisir.

— Je suis venue te faire un petit bisou, *Misele*. J'ai décidé de prendre quelques jours de vacances. Un ami m'a invité chez lui.

— Ah ! D'accord. Et tu reviens quand ?

— Je ne sais pas encore…

Je jetai un coup d'œil apeuré à Ian. Il fronça les sourcils.

— T'es là à Noël de toute façon. Savannah est chez toi, le 25 au soir.

Je hochai la tête d'un air incertain. J'essayai de toutes mes forces d'être rassurante.

— Oui. Oui. On ne change rien à nos plans. Hein ? On se voit à Noël, ma choupinette.

Savannah me fit un sourire confiant et me prit entre ses petits bras tout doux.

— Rentre vite, alors !

Je réprimai le sanglot qui menaçait de me submerger. J'étais anéantie.

— Allez, *Mikele*. Va au lit maintenant. Bella va te lire ton histoire.

Ian encouragea sa femme d'un regard à monter à l'étage. Celle-ci prit la main de ma fille. Elle m'envoya un bisou de sa main. Je l'attrapai en l'air et le logeai sur mon cœur.

— Au revoir, maman !

Quand elles furent hors de portée, Ian me saisit fermement le bras en le secouant sans ménagement.

— Je ne sais pas ce que tu mijotes encore, mais si tu nous fais un sale coup, je te préviens…

— Je ne mijote rien du tout, lui crachai-je en me dégageant. Lâche-moi, Ian. J'ai eu plus que mon compte aujourd'hui ! Occupe-toi bien de Savannah, c'est tout ce que je te demande !

— Il s'est passé un truc avec Anton ? T'as encore fait un scandale ? T'as tout gâché avec lui, c'est ça ?

— Je t'emmerde ! hurlai-je en lui tournant le dos sans plus de cérémonie et claquai la porte derrière moi.

Ce ne fut qu'au volant de ma voiture quand je m'engageai sur la route qui menait à la frontière que je m'autorisai à laisser les larmes couler. Quelque chose brisa l'endiguement de mon chagrin, car je dus m'arrêter sur le parking de l'ancienne douane pour me calmer.

Mais évidemment ! Ça tombait sous le sens que c'était moi qui avais foutu la merde ; que c'était moi qui avais tout foutu en l'air ! Pour Ian, il n'y avait même pas d'autre solution possible. Je le détestais ! Je les détestais tous ! Qu'ils aillent au diable !

Le front appuyé sur le volant, je me vidai de la peine de tant d'années de bannissement. Mon père avait été le premier à me bannir de sa vie, puis Ian, ensuite Matthias et maintenant le clan Lang. Décidément, je n'étais assez bien pour personne, pour personne dans ce village de sournois arriérés.

Voilà pourquoi j'avais toujours voulu fuir cet endroit. Je rêvais de refaire ma vie dans un milieu où personne ne me connaîtrait et ne me jugerait. Je voulais renaître. Je voulais me départir de cette carapace qui avait durci d'année en année pour me protéger de la méchanceté des autres.

Je soupirai avec lassitude en laissant aller mon crâne contre l'appui-tête. Mon regard dériva sur le GPS de ma voiture. Mes doigts composèrent « Stuttgart — Zentrum ». Il serait temps une fois là-bas de trouver l'entreprise Holz.

Il ne fallait même pas deux heures pour atteindre Stuttgart et avec les zones délimitées de l'autoroute allemande, je filai à la vitesse de la lumière. J'avais toujours eu une conduite sportive. J'aimais la sensation de griserie que cela me procurait.

En arrivant aux abords de la ville, je fus surprise par la modernité des buildings de verre et d'acier. La ville étant le berceau de l'automobile allemande, elle concentrait les meilleurs talents en matière de technologie. Les bâtiments très futuristes consacrés aux musées Mercedes et Porsche en témoignaient.

J'admirais avec des yeux ronds cette place financière où se mêlaient quartiers d'affaires et patrimoine historique. Stuttgart prospérait depuis le moyen-âge grâce au duché de Wurtemberg où nombre d'édifices religieux sortirent de terre. Il y avait ici au mètre carré un nombre incalculable d'églises, de châteaux et de manoirs.

En cette saison de Noël, les boutiques de luxe croulaient sous l'opulence des décorations. Les devantures étaient littéralement recouvertes de branches de sapin comme si elles sortaient tout droit de la Forêt noire. D'élégantes guirlandes électriques rehaussaient encore la noblesse des façades. C'était aussi beau que féérique.

Mon enthousiasme en prit un coup, car même si j'avais bien compris que les Holz étaient plein aux as, me retrouver dans cette ville de riches m'intimidait beaucoup. Je me stationnai devant un bar qui me sembla encore ouvert en plein centre-ville.

Il n'était plus temps de faire marche arrière. J'entrai et fus assaillie par les néons criards de ce bar de nuit ainsi que la musique assourdissante. Je m'installai et pris une consommation.

Je suis à l'*Oblomow* sur Torstrasse. Je sais qu'il est un peu tard, mais voudriez-vous prendre un verre avec moi ?

Je ris toute seule en regardant la réponse de Stefen qui m'exprimait sa surprise avec une kyrielle de smileys ahuris.

Une demi-heure plus tard, je vis arriver mon preux chevalier sans armure, mais au volant de sa belle voiture. Mon cœur se gonfla de fierté. Qu'avais-je à faire d'imbéciles rétrogrades comme le père d'Anton quand je savais pouvoir séduire un tel homme ?

Le regard désolé et torturé d'Anton s'imprima et s'invita de manière inopportune dans ma mémoire. Je ne voulais pas penser à lui. Il fallait d'abord que j'anesthésie mon cœur avec beaucoup d'alcools et d'attentions masculines. J'avais toujours pansé mes blessures de cette manière-là.

Certaines filles se terraient chez elle en pleurnichant dans un pot de glace. Moi j'allais en boîte pour boire et m'éclater avec le premier homme qui me tombait sous la main.

— Pincez-moi ! me dit-il en arrivant avec ce sourire charmeur qui me plaisait tant. Pincez-moi sinon je croirais être en plein rêve.

Je ris de mon rire de gorge spécial femme fatale et le pinçai gentiment sur le haut de la main.

— Et non ! Vous ne rêvez pas ! Je suis bien là.

— Je n'en reviens pas. J'étais justement en train de penser à vous et de me morfondre.

— Menteur !

Son humour m'avait manqué.

— Je suis sûre que vous étiez déjà en galante compagnie.

Il haussa les épaules d'un air défaitiste.

— Oui c'est vrai, mais elles ont dû se faire une raison. Elles savent qu'elles n'ont aucune chance face aux belles

Françaises. Chacun a sa petite faiblesse, n'est-ce pas ? Soyons sérieux deux minutes. Allez ! Dites-moi tout. Que faites-vous ici ?

— Je passais dans le coin…

— Tamara… Quand je vous ai quittée, vous filiez le parfait amour avec le vigile de ma sœur. Que s'est-il passé ?

Je haussai les épaules en jouant avec la feuille de menthe de mon mojito.

— Ça vous est déjà arrivé d'être prisonnier d'une situation qui se répète à l'infini comme dans un cauchemar ? Quoi que vous fassiez, vous vous retrouvez toujours au même point ?

Son sourire s'évanouit et son regard devint grave. Il me sonda avec intensité.

— Chaque matin quand je me regarde dans la glace.

Je pouffai avec un rire de dérision blasé.

— J'ai construit mon propre enfer d'une certaine manière. J'ai laissé les gens me tailler une réputation. Et aujourd'hui, je suis prisonnière d'un personnage que je ne veux plus être.

Il soupira en approuvant. Son regard se perdit dans le vague.

— J'ai consacré les quinze dernières années à démontrer à mon père que j'étais un rigolo, que je n'étais pas intéressé par le jeu du pouvoir et de la politique. Mais malgré tous mes efforts pour passer pour un abruti écervelé, il arrive encore à me coincer. Maintenant, il veut faire de moi un super reproducteur de la lignée Holz en me mariant à la fille d'un gros industriel, histoire d'étendre encore notre empire. Vous voyez, on est toujours prisonnier d'un système, quoi que l'on fasse.

Je partis dans un rire désabusé en basculant ma tête en arrière.

— Dès le début, je n'avais aucune chance avec vous, n'est-ce pas ? Et moi qui pensais ferrer un gros poisson en lui mettant le grappin dessus !

— Si ! Vous pouvez ! À condition de s'enfuir tous les deux sur une île déserte et de vivre d'amour et d'eau fraîche.

— Seigneur ! Non ! Je veux le confort d'un lit douillet.

— Alors, buvons à notre prison dorée, ma chère Tamara. Noyons nos rêves dans l'alcool et le sexe sans lendemain.

Gagnée par son ton badin, je fis tinter mon verre contre le sien prête à relever le défi. Oui, il n'y avait décidément rien d'autre à faire…

Il m'entraîna dans une boîte de nuit où la musique techno pulsait à un rythme dément. Je me sentis portée par les vibrations des basses. Là j'étais dans mon élément. La douleur s'estompait. Mon cerveau se mettait hors circuit.

Les brumes d'alcool qui envahissaient ma tête rendaient flous les contours du visage de Savannah. Ma choupinette. Ma toute petite. *Misele.* Je la revoyais tout heureuse de sa vie avec Ian et Bella. Elle lui lisait des histoires ! Elle la bordait et lui embrassait le front… comme une mère. Si je ne revenais pas. Si je m'enfuyais avec Stefen, Savannah m'oublierait. C'était sûr.

Oh ! Mais non ! Suis-je bête ? Je ne peux pas m'enfuir avec Stefen ! Son père ne le permettrait pas ! *Ah yo* ! Je n'avais pas la côte avec les pères, moi. Les Holz non plus ne voulaient pas de moi…

Un rire désabusé et désenchanté s'échappa soudain de ma gorge. Un rire de sorcière démoniaque. J'étais sans famille ! Une sans famille ! Ah ! Ah ! Ah ! C'était à mourir de rire. C'était à mourir d'ennui. C'était à mourir de chagrin. J'avalai un shot supplémentaire. Puis un deuxième. La douleur s'atténua un peu. Un troisième…

Stefen me fit signe de le rejoindre. Nous dansâmes pendant le reste de la nuit. Il avait tombé la veste et la cravate. Nous enchaînions d'autres shots. Je sentais des mains se balader sur ma taille. Pas forcément celles de Stefen. Et puis quoi ? Celles-ci ou celles-là, je m'en fichais. Les seuls que je voulais se trouvaient à plusieurs kilomètres de là.

Pourquoi j'étais partie déjà ? Ah oui ! Son père m'avait manqué de respect. Les yeux d'Anton se fixèrent encore dans ma mémoire. Je secouai la tête. Encore un shot pour oublier.

« Tam ! Tam ! »

Sa voix maintenant s'imprégnait dans ma conscience altérée. Je l'entendais essayer de me retenir alors que je fuyais. Je voyais la tristesse et la colère dans ses yeux. Il ne supportait pas le traitement injuste que m'avait infligé son père. Je voyais dans le brouillard de mes pensées qu'Anton se révoltait contre l'autorité de son père.

« Va te faire foutre »

Verdammi !

Pourquoi est-ce que j'étais partie comme une folle ? Sans prendre le temps de lui parler et de l'entendre s'expliquer ? C'était évident qu'il ne cautionnait pas les paroles de son père !

Qu'est-ce que j'avais fait ?

— Anton ? Anton ? murmurai-je à travers les vapeurs d'alcool qui occultaient ma réflexion embrouillée.

— Il n'est pas là ! Allez ! Viens ! Je vais m'occuper de toi !

Je sentis qu'une main saisissait la mienne. Mes jambes titubaient sous mon poids. Une nausée désagréable menaçait de déborder. Je m'engouffrai dans un taxi. Je m'affalai sur la banquette. Les lumières de la ville scintillaient comme un stroboscope. Du doigt, je les suivais sur la vitre de la voiture. Mes yeux papillonnèrent. J'allais sombrer. Je le sentais. Un coma bienvenu apaisa enfin le fil tortueux de mes pensées.

— Hmm…, grognai-je de mauvaise humeur tandis qu'une plume chatouillait mon nez, que je repoussai d'un revers de la main. Qu'est-ce que… ?

Je soulevai ma tête et ouvris avec difficulté un œil. Ce n'était pas une plume, mais le gros orteil d'un pied. Je le dégageai d'un geste brusque. Je m'assis et examinai la pièce.

À qui était ce pied ? Et où étais-je ?

La chambre était gigantesque, le mobilier moderne et design. Sur un mur, le plus grand dressing que je n'avais jamais vu contenait une rangée incroyable de chemises impeccablement repassées et de costumes triés par teintes.

Sur le lit, un King size dont le matelas faisait au moins quarante centimètres d'épaisseur, je reconnus sans peine Stefen emmitouflé dans une couette blanche immaculée.

J'examinai ma tenue. J'étais en sous-vêtements. Stefen grogna en se retournant. Il était nu. Je levai les yeux au ciel. J'avais déconné, c'était sûr !

Chapitre 16

Anton

Trois jours plus tard

Le jour se levait à peine. Je distinguai les premiers rayons de soleil pointer au-dessus des massifs de la Forêt noire. Mon cœur s'alourdit encore en pensant que Tam était là-bas et très sûrement entre les bras de Stefen. Je donnai un coup de poing au tracteur de mon oncle.

Je n'avais pas dormi de la nuit et plutôt que de ressasser à l'infini des scénarios comprenant Tam et Stefen, j'étais venu ici. Il y avait tant à faire ! Mon regard se perdit dans la longue lignée de vignes qu'il fallait tailler. Christian avait commencé depuis le mois de novembre, mais il restait encore de nombreux hectares à tailler.

Là aussi, j'avais occupé cet emploi dans mon adolescence. L'automne et l'hiver, le travail ne manquait pas sur le vignoble. Après les vendanges, les pieds de vigne entraient dans leur phase de repos. La sève migrait vers le cep. Il était temps de tailler les branches inutiles et de garder les bourgeons pour les sarments de la future récolte.

C'était une tâche longue et fastidieuse. Chaque pied nécessitait une attention particulière. Mon oncle m'avait appris à respecter le flux de la sève et à tailler le cep en fonction de sa physiologie. Ce traitement sur mesure permettait ainsi de diminuer les causes de maladie du bois. C'était gratifiant, mais aussi très long.

Mais peu importe ! De toute façon, du temps j'en avais désormais à revendre. Tam était partie rejoindre son Prince charmant. Il était indispensable que j'occupe sainement mes pensées afin de ne pas sombrer.

Christian m'avait confié ce travail, soucieux de m'éloigner au maximum de mon père. Ils allaient rester en Alsace jusqu'à Noël. Lin passait ses journées auprès de ma mère et ma tante. Et moi, j'errai comme une âme en peine depuis trois jours.

Je soufflai de lassitude. Je me positionnai au début d'une ligne et commençai le taillage. Mes membres effectuaient la manipulation, mais mon esprit continuait de vagabonder.

Après avoir quitté Chantal ce soir-là, nous avions filé chez Ian. Will sonna plusieurs fois avant qu'il n'ouvre la porte.

— Mais qu'est-ce qu'il se passe encore ? Si tu… Will ? Qu'est-ce que tu fais là ?

— Salut Ian. Désolé de te déranger, mais on cherche Tam. Je suis avec Anton. Il y a eu du grabuge chez mes parents avec ceux d'Anton. Tamara est partie comme une folle. On est super inquiets. Chantal pense qu'elle est passée ici pour voir sa fille.

Ian soupira et passa une main sur sa nuque.

— Entrez !

Nous nous installâmes dans le salon. Je ne tenais plus en place. Je voulais le presser de questions.

— Alors ? Elle est venue ici ?

Ian soupira un peu gêné.

— Oui. J'avoue n'avoir pas été très sympa avec elle. Elle était échevelée, son maquillage avait coulé, elle était super agressive avec Bella. Bref du Tamara Drama Queen dans toute sa splendeur.

— Bordel !

Je passais mes mains sur mes yeux. Je me sentais tellement coupable.

— Qu'est-ce qui s'est passé ? J'étais sûr que ça avait un rapport avec Anton.

J'échangeai un regard contrit avec Will.

— On a eu un dîner de famille avec ses parents qui ont fait le déplacement depuis le pays basque pour rencontrer Lin. Et… bon, je te passe les détails, mais ça a dérapé, expliqua mon cousin.

— Est-ce que Tam s'est mal conduite ?

— Non ! m'insurgeai-je en élevant la voix.

— Anton et Tam… c'est… sérieux. Ils se fréquentent. J'n'étais pas trop pour au début. Tu vois ? Enfin… Tam, quoi ? Je l'aime beaucoup, mais elle a été une vraie garce avec toi. Je ne voulais pas qu'elle fasse souffrir Anton. Je l'ai un peu charriée au repas. Sauf que je n'avais pas prévu que les parents d'Anton se seraient renseignés de leur côté.

Ian haussa les sourcils d'un air concerné.

— Je vois. Mais il y a un truc que je ne comprends pas. Qu'est-ce que Tam faisait chez vous à ce dîner de famille ?

— C'est moi qui l'ai invitée !

Ian planta ses yeux bleu couleur pacifique dans les miens.

— Tu voulais la présenter à tes parents ? Vous en êtes là tous les deux ?

J'avais l'impression de passer un examen d'entrée. C'était très étrange d'avoir cette conversation-là avec l'ex de Tam. J'éludai la question.

— J'ai invité Tam pour qu'elle soit une présence rassurante pour Lin. On a passé pas mal de temps ensemble ces derniers temps et avec Savannah aussi. Je m'étais dit que ce serait moins intimidant pour Lin de rencontrer les membres de ma famille si Tam était là. Je sais qu'elle l'aime beaucoup.

Ian sembla surpris de ma confession.

— *Ah yo* ! Ça me surprend de la part de Tam. D'habitude, elle n'est pas très patiente avec les enfants…

Là, ce fut moi qui fus étonné. Au contraire, je la trouvais extraordinaire avec les petites. Elle était à leur écoute et toujours attentive et attentionnée.

— Là n'est pas le problème, nous coupa Will. Le père d'Anton a littéralement pété un câble à table menaçant Anton de lui couper les vivres s'il n'épousait pas Chinh, la mère de Lin. Et sans qu'elle ait demandé quoi que ce soit, Tam s'en est pris plein la gueule ! Il l'a traînée dans la boue en la traitant quasiment de salope.

— Quoi ??? Mais c'est quoi ce bordel ?

Ian s'était levé d'un bond, la fureur tendant tous ses muscles.

— Tamara a beaucoup de défauts, mais faut pas pousser quand même ! Elle a droit au respect. C'est la mère de ma fille ! Je vais lui refaire le portrait à ton paternel !

— C'est un connard. Je le déteste.

— *Verdammi* ! Je comprends mieux maintenant… Elle m'a dit qu'elle en avait marre qu'on la juge et qu'on la prenne pour une moins que rien.

— Qu'est-ce qu'elle a dit d'autre ? Où est-elle allée ensuite ?

— Elle a dit à Savannah qu'elle partait en vacances, qu'un ami l'avait invitée.

— Elle t'a dit qui ?

— Non.

— Et elle a dit où elle allait ?

— Non plus.

— Et merde !

— Elle a juste dit qu'elle serait là le 25 au soir pour venir chercher Savannah.

— Laissez tomber, dis-je avec défaitisme. Je sais très bien où elle est allée.

Les deux me dévisagèrent perplexes.

— Au gala des Holz, le fils du patron lui a proposé de le suivre.

— Le mec du roadster Mercedes ?

— Celui-là même. Ça faisait une semaine que Tam lui faisait du charme. C'était ce qu'elle voulait de toute façon : un bon gros fils de riche pour l'entretenir et l'emmener loin d'ici.

Will et Ian échangèrent un regard désolé.

— Euh, si je peux me permettre. Elle est allée le rejoindre par dépit, parce que ton père a été un vrai con. Car je crois que son premier choix, c'était toi.

Je levai les yeux vers Will, réprimant l'élan d'espoir que ses paroles éveillaient. Je passai une main nerveuse dans mes cheveux. Je ne savais pas quoi faire. Si comme je le pensais elle était partie à Stuttgart, je n'avais plus aucune chance de la récupérer. Mes chances face à Holz avaient toujours été quasi nulles, c'était un miracle qu'elle ait décliné son offre. Mais maintenant qu'elle se savait rejetée par ma famille, plus rien ne la retiendrait ici ! J'étais dégoûté !

— Écoute Anton. Ça vaut ce que ça vaut, mais je ne la crois pas capable de laisser sa fille derrière elle. Tu sais ? Son père l'a abandonnée quand elle était gosse. Ça l'a marquée. Je suis convaincue qu'elle ne ferait pas vivre la même chose à Savannah.

Je me tournai vers Ian. Bizarrement, je sentais qu'il me soutenait. Même si ses rapports avec Tam étaient conflictuels, j'étais persuadé qu'il lui souhaitait le meilleur. Et que d'une certaine façon, il me donnait son approbation.

— Et puis, si je peux te donner mon avis, continua-t-il. Tam, je la connais bien. Je sais quand elle est mordue d'un mec. Et toi mon vieux, elle t'a marqué au fer rouge. Parce que quand tu fricotais avec la petite Allemande, j'ai bien cru que Tam allait arracher les yeux de la malheureuse !

Je grimaçai avec embarras. Je n'allais pas nier que je l'avais un peu provoquée. Voir les yeux de Tam s'enflammer de jalousie me procurait une espèce de plaisir pervers.

— T'as peut-être raison. Mais ça ne m'avance pas plus ! Je ne sais pas où habite Holz ni comment le contacter. Et puis même si je le pouvais je passerais pour un con si elle n'était pas avec lui.

— Ça mon gars, c'est le dernier de tes problèmes ! Parce que si elle est bel et bien avec lui, dis-toi qu'elle pourrait prendre goût à la belle vie et ne plus jamais revenir avec toi !

— Oh ! Merde !

Ian donna un coup de poing dans l'épaule de Will pour le réprimander de sa remarque.

— Mais dis-moi ? Tu travaillais bien pour sa sœur ? Pourquoi ne pas l'appeler elle et savoir ce qu'il en est ?

— Non, mais achevez-moi ! Et puis quoi encore ? C'est super… vexant ! Pour elle comme pour moi !

— Et pourquoi ça ? Je ne vois pas où est le problème ?

— Mais Lisa me kiffait ! Si je l'appelle pour savoir où est Tam, je passerai pour le dernier des salauds !

— *Ah yo* ! C'est compliqué ton affaire !

Je me levai d'un bond, frustré au possible.

— Laissez tomber ! C'est mort de toute façon !

Je les avais plantés là. J'étais sorti pour marcher pendant des heures dans la nuit froide. Mais durant mon errance, aucune solution ne se profila à l'horizon.

Perdu ainsi dans mes souvenirs, je ne me rendis pas compte que je venais d'achever ma ligne de taillage. Mon dos me faisait mal. Je m'étirai en grognant de douleur. Trois jours s'étaient écoulés depuis le départ de Tam et cette étrange conversation avec Ian et mon cousin, mais je n'étais pas plus avancé. Je n'avais pas adressé la parole à mon père et évitai ma famille le plus possible en me réfugiant ici. Je n'avais plus de travail. Toujours pas de logement pour accueillir ma fille. Et ma copine m'avait abandonné pour vivre la grande vie avec un fils à papa plein aux as. J'étais le roi des losers.

J'entendis les branches de vigne casser sous les pas d'un visiteur. Je tournai la tête et adressai un sourire à mon oncle.

— T'as pas perdu la main dis-donc ?!

— J'ai eu un bon professeur…

Il me donna une accolade virile et commença à tailler avec moi. Nous restâmes plusieurs minutes dans le silence appréciant le calme de la nature.

— Tu te fais rare à la maison.

— Ça t'étonne ?

— Je ne peux pas donner raison à ton père, mais je ne peux pas lui donner tort non plus. Ta situation personnelle n'est pas reluisante.

Je soufflai de lassitude et d'impatience.

— Tu ne m'apprends rien. Et j'y travaille figure-toi !

— Ah bon ?

— J'ai été proposer mes services à la ferme Muller, au *Cheval blanc,* au *Dragon royal* et à toutes les entreprises de Niederschwiller. Partout la réponse a été négative.

— T'as pas essayé auprès de toutes les entreprises du village, excuse-moi ! rétorqua mon oncle.

Je fronçai les sourcils.

— Je ne crois pas que les vignobles Lang aient reçu de candidature de ta part.

Je me détendis et lui fis un clin d'œil.

— C'est vrai, tu as raison. Mais tu me l'aurais dit si tu cherchais quelqu'un.

— Je cherche quelqu'un.

Je me tournai vers lui en m'immobilisant.

— C'est vrai ?

— Je n'ai pas fait mystère que j'envisageais de prendre ma retraite. Ta tante m'y pousse depuis au moins deux ans ! Mais faute de repreneur, je rempile d'année en année.

Il se gratta la tête.

— J'avais bien espéré que Will se décide, continua-t-il, mais je dois me faire une raison. Son truc à lui c'est la cuisine. Il s'éclate auprès de Bertrand et rien ne pourrait le faire quitter le *Cheval blanc*. Quant à ma fille, elle fait carrière chez Porsche !

— Attends ! Attends ! Tu n'es pas en train de me proposer ta succession quand même ?

Il leva la tête vers moi, un sourire contrit et le regard gêné.

— Mais il faudrait d'abord que ça t'intéresse. Je crois me souvenir que tu n'avais aucune passion pour le maraîchage quand tu vivais chez tes parents.

— Attends ! Ça n'a rien à voir ! Rien du tout ! Excuse-moi, mais il y a un monde entre la vigne et les fruits et légumes.

— Pas tant que ça ! C'est de l'agriculture. C'est un travail dur, pénible et très prenant.

— Ça, je sais ! Mais le vin c'est autre chose… C'est… C'est… plus noble d'une certaine façon !

Christian se mit à rire en plantant ses yeux dans les miens.

— Voici ce que je te propose. Je pars progressivement en retraite le temps de te former. Et quand tu es prêt, je te vends le vignoble. Tes parents sont prêts à t'aider. Je leur en ai déjà parlé.

J'étais stupéfait. Après l'engueulade avec mon père, je n'aurais jamais imaginé qu'il accepte de financer un projet comme celui-ci. D'un coup, je tiquai et reculai d'un pas.

— Attends une minute ! Si la contrepartie de tout ça, c'est que j'épouse Chinh, c'est hors de question !

Christian leva les mains en signe d'apaisement.

— Ton père est allé trop loin au sujet de Tamara. Il n'avait pas le droit de tenir de tel propos. Toutefois il n'était pas au courant des troubles psychiques de Chinh… bref quand on en a parlé ensemble, il a convenu que c'était une très mauvaise idée de te lier à elle.

— Alléluia ! Merci de le rendre moins con ! Le seigneur te récompensera !

Nous rigolâmes en nous concentrant à nouveau sur notre tâche.

— Et puis, j'ai le logement de fonction du contremaître qui s'est libéré après les vendanges. Un petit pavillon accolé à la cave. C'est modeste, mais dans un premier temps, ça peut te dépanner et te permettre de recevoir dignement ta fille.

— Merde ! T'es sérieux ?! Mais c'est Noël avant l'heure !

Je tirai sur la barbe de mon oncle.

— Nan ! Je ne rêve pas ! Tu n'es pas le Père Noël, pourtant !

— Arrête tes conneries ! Le taillage ne va pas se faire tout seul !

Je souris devant l'air bougon de mon oncle. Il était ému, mais il ne voulait pas que je le vois. Ce fut donc simplement que je lui murmurai un « merci » qui me valut un haussement d'épaules.

J'étais allongé sur mon lit chez Will. Il faisait nuit. Tout était calme. Je triturais mon téléphone depuis une heure. J'avais tapé la fiche de contact de Lisa et depuis ce moment je négociais avec ma conscience pour savoir si je lui envoyais un message.

La discussion avec mon oncle avait éclairci mon avenir d'un coup de baguette magique. Sur les quatre problèmes majeurs de ma vie, trois venaient d'être résolus miraculeusement. Mon oncle m'avait réconcilié avec mon père, il m'avait trouvé un boulot (Quel boulot, bon sang ! Je ne pouvais pas rêver mieux !) et un toit sur ma tête.

Il ne me restait plus qu'un problème à résoudre : reprendre contact avec Tam. Et ça mon oncle ne pouvait rien pour moi. J'allais devoir me prendre en main. C'était pourquoi je me torturais depuis une heure pour me décider à appeler Lisa. Allez ! Au diable la fierté !

Chapitre 17

Tamara

J'étais dans la chambre d'amis de Stefen à tourner en rond comme un lion en cage. Je m'ennuyais. Cela faisait trois jours que j'étais chez lui. Si au début j'avais été comme une folle devant le luxe de son appartement, eh bien, maintenant je m'étais habituée. Comme quoi !

Je m'affalai sur le matelas en soupirant. Stefen était au bureau. Il enchaînait nos nuits de folie dans les clubs avec son travail à la direction du groupe. J'étais vraiment admirative de son endurance. Moi je dormais comme une marmotte jusqu'à onze heures. Là il était midi et je n'avais plus rien à faire que d'attendre le retour de mon hôte vers 19 h 30.

Les jours précédents j'avais fait un peu de tourisme. Mais les visites barbantes de châteaux remplis de tableaux de maîtres ne m'avaient jamais transportée. J'attendais avec impatience le retour de Stefen pour mettre fin à mon ennui mortel.

C'était donc ça la vie de riche. *Verdammi* ! C'était d'un chiant ! Je devrais peut-être songer à raccourcir mon séjour… Stefen m'hébergeait dans une formule longue durée si je le désirais, mais je ne voulais pas abuser de sa gentillesse et puis ma vie à Niederschwiller m'attendait.

Ça avait été le sujet de notre conversation à notre réveil il y avait trois jours quand je m'étais retrouvée dans son lit à ses côtés. Je m'étais réveillée l'esprit bien plus clair, comme quoi une bonne cuite, ça pouvait vous remettre les idées en place !

J'avais pris conscience que j'avais mal réagi face à Anton, parce qu'il était évident qu'il ne me rejetait pas. Son père oui, mais lui non. Et que ça valait la peine que je retente le coup avec lui.

Et de toute façon, Savannah m'attendait. Ça aussi ça avait été une révélation. J'étais sa mère. Et ça, rien ni personne ne pourrait jamais me l'enlever. Bella faisait partie de sa vie. Oui, c'était vrai. De la même manière que la nouvelle femme de papa faisait partie de la mienne.

J'avais aussi compris que mon père avait été le dernier des lâches et des abrutis en m'abandonnant. Parce que quel parent était capable de faire ça ! Moi en tout cas, je ne le pouvais pas ! Vivre sans Savannah m'était impossible. Cette prise de conscience m'avait permis de clore le chapitre avec mon géniteur. C'était bon, j'en avais fait le deuil.

Et surtout, je savais que je ne lui ressemblais pas et que je ne lui ressemblerais jamais. Je n'étais pas de celles qui abandonnent ceux qu'elle aime. Cet éclair de lucidité m'avait réconciliée avec moi-même.

Je n'étais pas cette salope sans cœur que je pensais être. J'étais capable d'aimer. Et j'étais capable d'aimer la personne que j'étais avec ses qualités et ses innombrables défauts.

— Je suis désolée, Stefen.

— Ah ! C'n'est pas grave ! On se sera bien amusé quand même !

— À ce propos… est-ce que toi et moi.. On a… cette nuit ?

Ce ne fut qu'à ce moment qu'il sembla remarquer sa nudité. Il fouilla alors autour de lui.

— Il n'y a pas de capote, chérie. On n'a rien fait. Je ne baise jamais sans capote ! Et de toute façon, je crois qu'on était trop cramés pour ça…

Je soupirai en levant les yeux au ciel de soulagement. À ce niveau-là, je savais ne pas être la personne la plus fiable du monde. Mais je crois que l'idée de tromper Anton m'aurait donné la nausée.

— Merci, mon Dieu !

— Hey ! Parle pour toi !

Je me mis à rire devant l'air renfrogné de Stefen. Il ne semblait pas du tout vexé. J'avais rarement rencontré quelqu'un d'aussi léger et inconséquent. Rien ne pouvait avoir de prise sur lui.

— Stefen, je t'en prie, sois fort ! Rien ne sera possible entre nous ! Il faut que tu te fasses une raison…

J'adoptai le même ton de dérision que lui. On échangea un regard complice. Il rentra dans mon jeu immédiatement.

— Tam ! Non ! Chérie ! Ne me quitte pas ! Je n'y survivrai pas ! Argh…

Il faisait mine d'être pris de spasmes dans son lit. Je ris de plus belle. Stefen n'était peut-être pas mon Prince charmant, mais il était incontestablement l'une des plus belles rencontres de ma vie.

J'avais scellé notre amitié toute platonique par une tonitruante claque sur ses fesses nues.

— Aïe !

— Lève-toi ! J'ai faim ! Dis-moi que tu as des œufs, du bacon et du café, beaucoup de café ! C'est ma recette miracle pour réhydrater mon corps après une gueule de bois !

Et voilà ! Depuis ce moment, nous étions les meilleurs amis du monde ! Cela faisait trois nuits que nous éclusions les bars et les boîtes de Stuttgart. Cela faisait une éternité que je ne m'étais pas amusée comme ça. Enfin… la nuit, parce que le jour, je m'ennuyais à cent sous de l'heure !

Ce fut à ce moment-là que mon téléphone sonna. C'était Stefen.

— Tu fais quoi ?

— Rien.

— On va manger dans ce cas-là. Lisa nous invite.

— Lisa ?

— Oui. Je lui ai dit que tu étais là, du coup elle a demandé à te voir. Elle a dit que ça lui ferait plaisir…

Je gardai le silence quelques secondes. Je tiquai. Je n'étais pas la plus grande fan de Lisa, ni elle de moi. Avait-elle réellement envie de me voir ? Si c'était pour prendre des infos sur Anton, elle pourrait se brosser ! Je ne lui dirais rien du tout !

— Alors ?

— Heu…

— Allez ! Viens ! Ça va être sympa ! Je te laisse vingt minutes pour nous rejoindre. Je t'envoie l'adresse.

Comme il me raccrocha au nez, je me retrouvai comme une idiote devant mon smartphone. Le SMS m'indiqua les coordonnées. OK... Allons-y !

En arrivant devant le restaurant ultra chic choisi par Lisa, je réprimai une grimace. Bon. Pas question de manger des ailes de poulet avec les doigts dans un endroit pareil ! Je jetai un coup d'œil à ma tenue. J'avais ma petite robe noire moulante et mes escarpins. Ça passait. Je plaquai mes cheveux en arrière d'un geste élégant de la tête.

Je me présentai au maître d'hôtel. Il s'inclina devant moi et me précéda entre les allées de tables recouvertes de nappes damassées blanches, et de fines porcelaines. J'inspirai un grand coup pour me donner du courage et plaquai un sourire forcé sur mes lèvres.

Le maître d'hôtel s'effaça pour m'ouvrir le passage et là, je reçus le choc de ma vie ! Lisa était attablée avec Anton. Ils ne m'avaient pas vue arriver. Je les surprenais en plein fou rire complice qui me broya les entrailles. *Verdammi* ! Qu'est-ce qu'il foutait là ? Leur sourire mourut sur leurs lèvres quand ils me virent devant eux.

— Tamara ! Vous voilà ! s'exclama Lisa. Quel plaisir de vous revoir ! Je vous en prie, asseyez-vous, mon frère est parti aux toilettes. Il arrive.

Je restai interdite à la dévisager comme une idiote. Anton se racla la gorge avec nervosité. Je me tournai vers lui. Il portait son costume casual bleu marine qui lui allait si bien, avec un t-shirt blanc tout simple qui faisait ressortir l'éclat de son sourire. Oh merde ! Qu'est-ce qu'il était beau !

— Salut.

— Salut.

Je lui avais répondu précipitamment en prenant place sur la chaise que le majordome m'avait tirée.

— Eh bien ? Quoi de neuf ?

Elle se foutait de moi ?! Elle était en train de déjeuner avec mon mec et elle me demandait à moi « quoi de neuf » ? *Qu'est-ce que tu trafiques avec lui ? Réponds ou je t'arrache les yeux !*

— Oh ! Je fais un peu de tourisme à Stuttgart depuis quelques jours. J'ai pris des vacances.

— C'est super ! Notre ville vous plaît ?

— Oui. C'est génial. Et… vous ? *Quoi de neuf ?*

— Eh bien… voyons… papa s'est enfin décidé à me confier plus de responsabilités dans l'entreprise. Je croule sous le travail, mais je ne m'en plains pas, c'est ce que je voulais !

Je m'en fous de ta vie ! Dis-moi plutôt ce qu'Anton fait là ?

— Vous devez vous étonner de la présence d'Anton ?

Je lui souris avec crispation.

— Il m'a appelée hier. Vous n'imaginez pas le plaisir que ça m'a fait !

Je vais la tuer…

— Ah ! Te voilà, Chérie !

Stefen s'était matérialisé derrière moi. Il claqua une bise bruyante sur ma joue et prit place en face de moi, près d'Anton. Je glissai un regard inquiet vers celui-ci. Ses prunelles noires étaient comme deux lasers qui transperçaient le nouvel arrivant.

— Je t'ai commandé un mojito, comme d'habitude. Je te connais par cœur, maintenant.

Je lui faisais les gros yeux pour tenter de lui faire cesser son numéro. Anton avait les mâchoires contractées et les poings serrés. Mais je distinguai à la lueur espiègle des yeux bleus de Stefen, qu'il allait se délecter de jouer avec les nerfs de mon copain.

— Alors Anton ? Qu'est-ce qui vous amène ? continua-t-il avec une bonhommie exaspérante.

— J'avais promis à Lisa de garder le contact.

— Hmm… Donc votre présence n'a rien à voir avec Tamara ?

Je lançai un coup de pied sous la table qui atteignit le tibia de ma cible.

— Aïe ! Faut vraiment que tu arrêtes de me frapper. Je sais que tu aimes ça, mais refrène-toi !

— Stefen !

Il partit d'un éclat de rire qui me mit mal à l'aise. Anton toussa pour s'éclaircir la gorge. Ce déjeuner tournait au drame !

— En fait, vous avez tout à fait raison. Le but de ma visite était de voir Tamara. M'assurer qu'elle allait bien. Et à ce que je peux constater, c'est le cas.

Il saisit son verre de vin qu'il but d'un trait.

— Anton… ce n'est pas ce que tu crois…

— Ah non ?

Il avait haussé le ton en braquant sur moi ses yeux noirs intenses et douloureux.

— Chère sœur, que dirais-tu que je t'offre une coupe de champagne au bar pour fêter ta nouvelle promotion ?

Je lançai un regard reconnaissant à Stefen, qui me le rendit par un clin d'œil complice.

— Toi ? Tu m'offres le champagne ?

— Profites-en c'est une proposition limitée dans le temps. Elle expire dans deux secondes !

— OK. Je veux du Heidsiek !

Stefen s'étouffa en l'entendant demander une des bouteilles les plus chères au monde.

— Eh bien ! Comme tu y vas ! Qui m'a donné une fille à papa aussi pourrie gâtée !

Elle éclata de rire et le suivit jusqu'au bar.

— Il n'y a rien entre Stefen et moi. Il te charrie, c'est tout.

— Tu m'en diras tant !

— Et toi ? Qu'est-ce que tu fiches avec Lisa ?

— Ce que je fiche avec elle ? Tu plaisantes ? J'ai pris sur moi si tu veux tout savoir. J'ai mis un mouchoir sur ma fierté pour lui demander de tes nouvelles !

Il joua avec le pied de son verre en cristal en s'enfermant dans un mutisme frondeur.

— Tu es vraiment une sale égoïste. Tu viens ici passer du bon temps pendant que je me ronge les sangs pour toi !

Je rougis de honte.

— J'avais besoin de prendre du recul…

— Prends-en autant que tu veux ! cracha-t-il en se levant d'un bond. Je m'en contre fiche !

Il jeta sa serviette sur la table, contourna sa chaise pour s'en aller. Je me levai pour lui barrer le passage.

— Anton ?! S'il te plaît. Laisse-moi m'expliquer.

Il plongea ses yeux dans les miens et sembla débattre un moment sur l'intérêt de m'accorder cette faveur.

— Très bien. Je t'écoute.

Il tira sur le revers de sa veste d'un geste sec et s'assit d'un air digne et guindé sur son siège.

— Quand ton père m'a insultée, ça m'a blessée au-delà de ce que tu peux imaginer.

Je le vis se tasser sur lui-même en évitant mon regard.

— J'ai réagi au quart de tour. Je suis partie sans réfléchir, je le reconnais. Mais il faut que tu comprennes que c'est l'histoire de ma vie. Depuis que je suis petite, c'est comme ça. Mon père m'a exclue de son existence, Ian, Matthias, ton père… C'était trop pour moi. Je ne pouvais pas le supporter.

— Tam… Je suis tellement désolé…

— Je le sais, le coupai-je. Je le sais. Je l'ai compris en arrivant ici.

— Alors, pourquoi tu ne m'as pas appelé ? Je me sens tellement coupable pour mon père. Je n'en dors plus !

— Excuse-moi. C'est juste… c'était plus simple de disparaître. Je voulais juste oublier la réalité, ma vie, ma situation. Je…

— Je sais que tu as des attentes et que je ne suis pas en capacité d'y répondre…

— Hein ?

— Je sais que tu en veux plus…

Je demeurai muette. C'était vrai il y avait encore quelques jours, mais depuis que je l'avais choisi, je m'en moquais pas mal.

— Mais les choses ont pas mal changé pour moi ces derniers temps, reprit-il. Ça peut aussi te concerner…

— De quoi tu parles ?

— Je ne suis plus le paumé du coin. J'ai plus à offrir.

— Qu'est-ce que tu racontes ? Je ne te disais pas ça par rapport à toi ! Mes objectifs ont… changé.

— Je ne pense pas. Quand j'ai compris que t'avais rejoint Holz, je te jure que ça m'a détruit. Je sais parfaitement que je ne fais pas le poids. Qu'il a tellement plus à te proposer.

— Anton ! Je t'arrête tout de suite ! Tu fais fausse route…

— Laisse-moi finir ! Je vais reprendre l'activité viticole de mon oncle. Mes parents vont me prêter de l'argent.

— Quoi ??? Mais alors… Tu vas épouser Chinh !

J'avais crié sans m'en rendre compte. Plusieurs clients se turent et se tournèrent vers moi, outrés.

— Non. Ils me prêtent de l'argent sans que je l'épouse. Et sur ce point je tiens à préciser que je me marierai avec la femme que j'aurais choisie.

— *Ah yo…*

Nous restâmes silencieux. Je réfléchissais à la vitesse de la lumière. Anton s'installait à Niederschwiller ! Il avait un boulot. Il avait une maison. Il restait au village. Lin allait vivre avec lui.

Et il était libre de se marier avec qui il voulait. Avec moi ? N'importe quoi ! Il ne m'avait rien demandé. Non ? Vous croyez qu'il me le demanderait ? *Dunderwadel* ! Et s'il le faisait, est-ce que je dirais « oui » ?

Un sourire niais naquit sur mes lèvres. Je me sentais heureuse. Des bulles de bonheur éclataient tout autour de moi. Son regard pétilla tandis qu'il m'observait.

— Qu'est-ce que tu en dis ?

J'avais envie de rire et de chanter. Mon cœur était gonflé à l'hélium. C'était dingue cette sensation de légèreté !

— J'en dis que c'est une excellente nouvelle. Je vais donc te voir traîner dans le secteur… très régulièrement.

Il hocha la tête en souriant.

— Oui, je le crains.

Je pouffai et gloussai comme une adolescente.

— On rentre à la maison ?

Je braquai mes yeux dans les siens, soudain émue par le ton intime de sa voix.

— Tu rentres avec moi ? insista-t-il.

Je hochai la tête avec enthousiasme. Je me sentais prête à le suivre où il voulait. Il restait à Niederschwiller ! Il se leva, me tendit la main. Je me redressai à mon tour. Il prit mon visage en coupe et posa un baiser sur mes lèvres.

— Tu sais… Moi aussi j'en veux plus.

Je le dévisageai l'air interrogatif.

— Quand je suis venu ici, je voulais me fixer et avoir une situation pour élever Lin.

Je déglutis émue de voir ses yeux briller.

— Mais ce n'est plus suffisant.

Il caressa ma joue de son pouce. Je me nichai au creux de sa main en fermant les yeux.

— Je te veux, toi Tamara Hopfner, dans ma vie et pour une durée illimitée.

Je me mordis la lèvre pour m'empêcher de pleurer. C'était la plus belle déclaration que l'on m'ait jamais faite. Il posa ses lèvres sur les miennes et je soupirai de contentement en le laissant occuper ma bouche. C'était si bon.

J'avais le sentiment d'être au bout du trajet, d'être arrivée. Arrivée où ? Juste à l'endroit où j'étais en fait. À Niederschwiller, avec Savannah, avec ma mère, avec tout le monde… mais surtout avec Anton. Je n'en voulais pas plus, pas davantage. J'avais tout !

— Vu la tournure des événements, j'ai carrément commandé la bouteille, car j'ai l'impression que vous avez des choses à célébrer vous deux. Lisa ? Va vraiment falloir te faire une raison. Ce gars est pris !

— Je ne suis pas aveugle, cher frère. Cela fait un moment que je m'en étais rendu compte. Contrairement à toi.

— Tu rigoles ! Bien sûr que je l'avais vu qu'eux deux…

Il colla ses deux index en mimant des bisous. Je leur souris sans retenue en me cachant à moitié le visage dans l'épaule d'Anton.

— Merci pour tout Stefen. Tu as été un ami précieux ces jours-ci. Et vous aussi Lisa. Merci d'avoir permis à Anton de me retrouver.

Elle haussa les épaules en faisant une moue mignonne.

— J'ai un karma de Cupidon. Vous ne le saviez pas ?

— Je m'excuse pour le comportement désagréable que j'ai pu avoir avec vous. Je… Je sais que je peux être une vraie garce quand je suis jalouse.

Elle balaya mes objections d'un geste négligent de la main.

— C'est oublié ! Soyons amies, qu'en pensez-vous ?

Je demeurai interloquée quand elle me tendit sa main. Son sourire était engageant et bienveillant. Allais-je vraiment devenir l'amie d'une sainte Nitouche ? *Verdammi* ! Je commençai vraiment à me ramollir. Il ne manquerait plus que je devienne copine avec Bella et je crois que je me fais désenvoûter ! Je lui serrai tout de même la main en approuvant d'un air gêné.

— Le *Cheval blanc* a décidé d'organiser une Secret Santa Party ! nous informa Anton en me serrant plus fort contre lui.

— Oh j'adore ça ! s'exclama Lisa en tapant dans ses mains.

Je jetai un regard interrogateur à Anton.

— Béatrice Kolb et Edwige Muller sont tellement heureuses de devenir grands-mères dans l'année qui arrive, qu'elles coorganisent cette réception. Elles m'ont prié de vous inviter. Autant dire que Savannah et Lin n'en peuvent plus d'être les mains innocentes du tirage au sort !

— C'est génial ! C'est quand ?

— Demain. La veille du Réveillon.

Chapitre 18

Anton

— Oh ! *My God* !

Eugène posa sa main sur sa bouche qui dessinait un « O » parfait. Ses yeux fardés de bleu électrique et aux faux cils démesurés s'ouvraient comme des soucoupes.

— Mais cet endroit est *so cute*[28] !

J'observai le meilleur ami d'Anika — la femme de Matthias — avec une surprise non dissimulée. Habillé en Drag Queen exubérante, il faisait de grands gestes en se pâmant pour la salle de réception du *Cheval blanc*. Amusé par son enthousiasme, je regardai à mon tour cette pièce que je connaissais depuis mon enfance.

Un gigantesque sapin trônait au centre du restaurant. Toutes les branches étaient décorées soit d'un sujet en bois délicatement sculpté soit d'une boule en verre, ancien symbole de la pomme d'Adam et Eve.

Les chambranles étaient entourés de feuilles de sapin ou de houx, ainsi que les rampes d'escalier. À chaque table il y avait

---

[28] *Si mignon*

une composition florale faite de pommes de pin, d'agrumes et de fruits secs, et quatre bougies pour signifier les quatre dimanches précédent Noël. En cette veillée, trois bougies étaient allumées nous indiquant l'imminence des fêtes.

La salle se remplissait au fur et à mesure. J'étais stupéfait du monde qu'avaient invité Béa et Edwige. Il y avant Ian avec sa femme Bella, Matthias avec Anika, son ami Eugène, les beaux-parents serbes, Novak et Petra. Mon oncle Christian avec ma tante, mes parents, et mon cousin William étaient en pleine discussion.

Tamara était adorable déguisée en mère Noël sexy. Elle tenait la main de Lin d'un côté et celle de Savannah de l'autre tout en bavardant avec les Chang. Même Chinh avait eu une permission de sortie. Son traitement suivait son cours, elle semblait plus apaisée. Lin lui prit la main afin de faire une ronde à quatre. Je souris de les voir toutes si heureuses.

Edwige, Béatrice, Chantal, ma tante Hélène et ma mère semblaient en grande discussion. Elles riaient comme des gamines à se remémorer des souvenirs d'école.

Quand Stefen et Lisa firent leur entrée, je leur fis signe de la main. Mais avant de m'atteindre, ils furent interceptés par Bella qui les accueillit avec sa gentillesse habituelle.

À voir tout ce beau monde réuni ici, je me sentis heureux, à ma place. Il y avait tous les gens que j'aimais. Tamara laissa les petites entre les mains de Chinh pour venir à ma rencontre.

— À quoi tu penses ? me demanda-t-elle en posant ses bras sur mes épaules.

— Que je me sens très bien ici, dans ce village de doux dingues, avec toi et les filles.

Elle me sourit en examinant notre décor.

— *Ah yo* ! Je n'aurais jamais cru dire ça un jour, mais tu as raison. On est quand même bien ici.

Je posai un baiser sur ses lèvres, puis mon front contre son front.

— Tamara ?

Nous tournâmes la tête. Mon père se tenait devant nous l'air grave et contrit.

— Je peux vous parler ?

Elle croisa les bras sur sa poitrine et acquiesça la mine sévère.

— Je tenais à vous présenter mes excuses. Rien ne m'autorisait à parler de vous de la sorte. Je n'avais pas le droit de vous juger sans vous connaître.

Elle haussa les épaules feignant l'indifférence.

— Je voulais vous rassurer. Je n'ai aucune intention de m'opposer à votre union. Au contraire d'ailleurs, je vous donne ma bénédiction.

Tamara écarquilla les yeux.

— Heu… merci Monsieur Limet, c'est gentil. Je pense que c'est un peu prématuré de parler de ça, mais merci de votre soutien.

— Je ne suis pas d'accord. Tu vas habiter avec moi tout de même. Je te rappelle qu'on déménage tes affaires dans le pavillon du contremaître entre Noël et l'An.

Elle m'embrassa sur la joue en sautillant de joie.

— En tout cas, je vous souhaite tout le bonheur du monde. Et félicitations pour ton nouveau travail. Avec ta mère, on n'aurait pas pu rêver mieux pour toi.

— Merci, papa.

Nous échangeâmes un long regard. Je voyais du regret dans le sien, du soulagement, et quelque chose qui ressemblait à de la fierté aussi. Il s'éloigna pour rejoindre mon oncle qui discutait avec Louis et Bertrand.

— Wouah ! C'était… surprenant.

— Ma mère a dû le menacer de divorcer pour qu'il fasse ses excuses, je pense. En même temps je ne crois pas. Il avait l'air sincère.

— Oui, cela m'a semblé aussi.

— Bonjour, Tam !

Nous nous tournâmes vers les nouveaux arrivants. Matthias et Anika se tenaient devant nous l'air un peu gêné.

— Salut. Je crois que je vous dois des félicitations pour l'heureux événement que vous attendez.

— Oh ! Oui ! Merci ! s'exclama Anika les joues rosies en caressant son ventre.

— Tes parents doivent être contents.

— Les deux.

Anika nous désigna Petra, Novak, Edwige et Louis qui trinquaient en riant.

— Ils nous harcèlent depuis un an pour qu'on mette en route un bébé, alors…

Matthias se grattait l'arrière du crâne avec embarras.

— Tu ne nous as pas présenté ton copain, Tam ?

— Oh ! Pardon ! C'est vrai que vous ne vous connaissez pas. Anton, je te présente Matthias, mon ex-fiancé. Anika, sa femme. Nous avons un passé commun un peu… tumultueux.

Anika et Matthias réprimèrent une grimace d'excuse.

— Il m'avait semblé comprendre… éludai-je en serrant la taille de Tam.

— Je suis contente pour vous deux. Vous avez l'air heureux.

— Ça fait plaisir de te voir aussi rayonnante, renchérit Matthias. Tu le mérites…

Tamara rougit et se tortilla avec embarras.

— Merci.

Nous fûmes interrompus par Béa qui prit la parole en saisissant le micro.

— Chers amis, je voulais vous redire toute la joie que nous avons Edwige et moi de vous accueillir pour célébrer ensemble la venue de Noël. C'est un moment privilégié pour se rassembler tous, car nos connexions ne font que s'étendre d'année en année ! Je ne m'appesantis pas davantage sur la joie sans borne que nous ressentons à l'idée d'être grands-mères. Merci infiniment à Bella et Anika de nous offrir cela. Maintenant, passons à l'échange des cadeaux, car je connais deux petites filles qui trépignent d'impatience !

Lin et Savannah sautillaient autour de Béa pour qu'elle lance le signal des cadeaux de cette Secret Santa party.

— Joyeux Noël à tous !

Un brouhaha s'éleva dans la salle, car chacun se munissait du cadeau qu'il avait à faire. Will se dirigea vers Lisa à qui il tendit un paquet. Elle le défit et en sortit une coiffe d'Alsacienne. Tout le monde se mit à rire en la voyant la mettre sur sa tête. N'empêche qu'elle était jolie avec ! Eugène se tourna vers Stefen qui saisit son présent. Ses yeux s'écarquillèrent en découvrant un gloss Dior rose bonbon.

— Mais qui peut survivre sans un gloss Dior ? *Seriously* ? Vous pouvez me le dire ?

Stefen ne se démonta pas et en appliqua une généreuse couche sur ses lèvres. Eugène lui proposa un selfie qu'il posta avec l'hashtag *#jamaissansmongloss*. Le courant passa immédiatement entre ces deux clubbeurs effrénés qui s'échangèrent leurs bons plans.

Un rire contagieux gagna l'assemblée au fur et à mesure que des cadeaux plus loufoques les uns que les autres étaient offerts et portés.

— Je crois que c'est à mon tour d'offrir mon Secret Santa, murmurai-je en me tournant vers Tam.

— Sérieusement ? Le sort t'a donné mon nom ?

— J'ai un peu soudoyé les huissiers de justice, avouai-je en faisant un clin d'œil aux filles qui levèrent les pouces pour m'encourager.

Je lui tendis un petit paquet enrubanné. Sur les conseils de Ian, je m'étais adressé à la bijouterie Humbert de Wissembourg. Ça lui avait porté chance pour Bella…

Je me raclai la gorge tandis que je la vis ouvrir la boîte. Elle resta silencieuse en observant le solitaire, le visage fermé, ses doigts immobiles autour de l'écrin. Elle leva vers moi ses yeux vert émeraude. Elle me fusillait du regard. Je me décomposai morceau par morceau. *Dunderwadel* ! Elle allait refuser ma demande. Je le sentais à la raideur de sa nuque et le masque de réprobation qu'elle arborait.

Dumkopf ! Je m'y étais pris bien trop tôt. Elle n'était pas prête, c'était évident.

Sans que je m'en aperçoive, un petit attroupement s'était créé autour de nous. Tous ceux qui étaient de connivence comme Lin, Savannah, Ian, et Will. Puis vinrent les curieux, Bella, Béa, Anika…

— *Jesses Gott im Himmel*[29] ! s'exclama Edwige en se tournant vers Béa. Encore des fiançailles à Noël ! La tradition se perpétue !

— Quoi ? demanda Chantal en se faufilant entre les deux femmes. Quelles fiançailles ? *Oh Gott* ! Ma fille va se marier ? Je vais enfin pouvoir préparer un mariage ! Odile ? Odile, où es-tu ?

— De quel mariage vous parlez ? demanda celle-ci en voyant l'attroupement. Oh *Jesses Gott* ! Anton ! Mets donc un genou à terre pour faire ta demande, voyons ! Mais qui t'a élevé, mon garçon !

Dépassé par la tournure des événements, je posai sur Tam des yeux inquiets et navrés. Je haussai les épaules pour lui signifier que j'étais désolé de la mettre au pied du mur. J'obéis toutefois à ma mère en posant un genou devant ma dulcinée.

---

[29] *Jésus Dieu du ciel !*

— Oh *My God* ! Tam ! Laisse-moi te dessiner ta robe de mariée ! S'il te plaît ! la supplia Anika des larmes plein les yeux. J'adore les mariages. Je crois que je pourrais ne dessiner que des robes de mariées !

— Et moi, je m'occupe de tes cheveux, *Darling* ! s'interposa Eugène[30]. *No offense, Miss Chantal* ! Mais ce n'est pas négociable. Et de toute façon, je m'occuperai de vos cheveux aussi. Hors de question que la mère de la mariée se coiffe elle-même !

— Et moi j'assure le banquet ! se positionna aussitôt Bertrand, le chef du *Cheval blanc*.

— Et moi je fournis le foie gras, s'écria Louis Muller.

— Et moi le vin, renchérit mon oncle.

— Moi les photos ! cria Matthias.

— Nous les nems ! dirent les Chang.

— Moi, je réserve un *trubaci*[31] pour la noce ! ajouta Novak, le père d'Anika.

— Et moi les fruits et légumes, tonna mon père de sa voix grave.

L'assemblée se tut, surprise par son intervention. Tous les regards se braquèrent alors sur moi et puis sur Tam. Ils semblèrent réaliser qu'elle n'avait pas donné sa réponse. Tam était ébahie. Elle les scrutait tous avec ahurissement. Mais ses yeux brillants trahirent son émotion. Je devinais qu'elle était touchée par leurs offres.

— Et si tu cherches un témoin, je veux bien le faire, proposa Lisa en levant la main.

— Moi aussi, s'exclama Bella en levant la main plus haut encore.

---

[30] Eugène est le coiffeur officiel des podiums (cf *Je n'en peux plus* !) ☺

[31] *Orchestre de musique folklorique serbe*. Tout mariage qui se respecte en Serbie à un *trubaci*…

Une larme s'échappa alors pour rouler le long de la joue de Tam. Je me levai précipitamment, conscient que toutes ces attentions étaient trop pour elle.

— Mon cœur ? Ne pleure pas ! Je suis désolé. Je ne pensais pas que ça se passerait comme ça, lui murmurai-je à l'oreille. Si tu veux, je leur dis que tu as besoin de réfléchir et on rentre à la maison. Je ne veux pas te brusquer. Je comprends si c'est trop tôt pour toi.

Tamara sursauta entre mes bras. Elle baissa la tête vers Lin qui venait de glisser sa petite main dans la sienne. Elle suppliait Tam de son regard mouillé.

— Tu veux bien être la femme de papa et ma belle-maman, dis ?

Tam éclata en sanglots. Moi, je me mordis la lèvre pour m'empêcher de pleurer. Mais quand je tournai la tête vers ma mère, ma famille et nos amis submergés par l'émotion, je me frottai les yeux avec énergie pour remballer mes larmes.

— Bien sûr que je veux être ta belle-maman, *Herzele* !

— Youpi ! cria Savannah. J'ai une sœur ! J'ai une sœur !

Le groupe rit à travers ses larmes en se moquant des uns et des autres de se sentir si émus.

Tam se tourna vers moi, posa sa bouche sur la mienne.

— Merci de me faire vivre ça, me murmura-t-elle. Je t'aime tellement. Oui ! Je veux devenir ta femme ! Mille fois, oui !

Une holà de soulagement et de cris de joie nous entoura soudain. Nous nous sentîmes encerclés par des dizaines de bras qui nous embrassaient dans un énorme *hug*[32].

— Oh purée ! Quel soulagement ! J'ai bien cru que tu allais dire « non » tout à l'heure…

---

[32] *Câlin*

— J'étais sous le choc. Je ne m'y attendais pas et je n'étais pas certaine d'être l'heureuse élue… Tu sais, les happy ends de princesses de contes de fées, ça n'a jamais été trop pour moi…

— Quoi ? Évidemment que tu es l'élue de mon cœur ! *Du dolle*[33] ! Je t'aime ! lui dis-je en la serrant contre moi. Je t'aime, je t'aime, je t'aime ma superbe sorcière bien-aimée.

Je serrai Tam contre moi avec toute la tendresse dont j'étais capable. Je faisais le serment intérieur de prendre soin de cette femme pour ma vie entière. Je sentais une cicatrice se refermer doucement en moi. Le goût amer de l'échec et de l'inachevé semblait disparaître. Je sentais que je réparais quelque chose d'important. Mon estime de moi.

Je soupirai, satisfait, heureux, complet. Mes yeux se levèrent doucement. Autour de moi, nos familles et nos amis étaient émus et nous félicitaient. Une soudaine intuition m'obligea à porter le regard au-delà de l'assemblée et se posa sur Chinh. À l'écart, elle scrutait cet attroupement avec une lueur triste au fond des yeux.

Je n'avais pas de raison de me sentir coupable, car nous ne nous étions rien promis. Nos parents avaient fait pression pour qu'on régularise notre situation, mais aucun rapprochement ne s'était fait.

Alors pourquoi alors avais-je cette étrange sensation ?

Ce pressentiment ?

Cette vague inquiétude qu'un rebondissement était à prévoir de ce côté-là ?

À suivre…

---

[33] *Imbécile !*

En bonus, un extrait du tome 4, dédié à Chinh :

Je n'y comprends plus rien, _Noël en Alsace t4_

Chinh

Est-ce que j'étais contente pour Tamara et Anton ?

Oui. Je crois que oui. A priori, le feuilleton de leurs amours croisés avec les Holz avait défrayé la chronique de Niederschwiller pendant mon absence. Et je n'étais pas forcément fâchée que les projecteurs se soient dirigés vers eux…

Quand au début du mois, mes parents m'avaient obligée à reprendre contact avec le père de Lin pour qu'il s'occupe d'elle pendant mon hospitalisation, j'avais senti le poids des regards à chacune de mes sorties.

Le souvenir désagréable de ma grossesse m'était revenu en pleine figure. Les regards de biais, les messes basses à mon approche, les réflexions méchantes lancées derrière mon dos.

« À croire que l'Immaculée Conception touche aussi les étrangers ! »

« _Ah yo !_ Elle a dû rencontrer Bouddha derrière un buisson ! »

« Alléluia ! Elle est enceinte par la grâce divine ! Mon œil ! »

« Quel malheur pour les Chang ! Des gens si courageux ! Ils ne méritent pas ça ! »

« Quelle dévergondée ! Fille mère ! Faire ça à ses parents ! Des commerçants respectables ! »

Je grimaçais en voyant les gens du village faire des courbettes à Tamara. Ils avaient du culot ! La fille de la coiffeuse avait été la cible de leurs commérages pendant des années. Et maintenant qu'elle convolait *enfin* en justes noces, ils se pressaient autour d'elle pour la féliciter. Comme si son prochain mariage couvrait d'un voile virginal ses frasques du passé.

Bull shit !

J'étais fatiguée de tout ça. Je fermai les yeux un instant pour me plonger dans ma bulle intérieure. Petit exercice de concentration appris à l'hôpital… Je respirai et expirai lentement. Je visualisai une boule blanche très lumineuse dans laquelle j'étais protégée et aimée. Je m'y installai confortablement pour quelques secondes. J'étais bien. Je respirai et expirai. En ouvrant à nouveau les yeux, je sentis l'anxiété disparaître.

Les médecins m'avaient diagnostiqué un TDAH vers l'âge de dix-huit ans. Depuis j'étais prise en charge pour mes crises de dépression chronique qui s'intercalaient avec des phases d'euphorie où j'avais peine à canaliser mon énergie. Je ressortais épuisée de ces périodes plus ou moins longues, plus ou moins intenses.

La nouvelle de ma maternité avait largement amplifié mon anxiété. Et même avec l'aide de mes parents, j'avais peu à peu perdu pied. Quand les problèmes cardiaques de papa étaient apparus, je m'étais effondrée encore un peu plus jusqu'à ne plus parvenir à sortir la tête de l'eau. J'avais l'impression que ma vie était une succession de vagues déferlantes qui m'entraînaient toujours plus profond et m'empêchaient de regagner la surface.

Prendre la décision d'entrer en cure à l'hôpital avait été difficile, frustrant et humiliant. Mais quand j'avais contacté

Anton pour lui parler de mes difficultés, quelque chose s'était dénoué en moi. Comme si une digue lâchait. La honte avait laissé la place au soulagement quand il avait accepté d'aider mes parents.

Et après un mois de traitement et de thérapie, je ressentais un semblant de paix. Pas de quoi crier victoire, mais j'avais appris quelques outils pour m'aider à canaliser mes émotions. J'avais encore tant de chemin à parcourir pour espérer revenir à une vie normale. Néanmoins je commençais à espérer…

Mon regard se porta alors sur Lin qui courait dans la salle avec Savannah. Je souris puis ris en entendant le rire cristallin de ma fille. Elle avait ce rire-là… Je crois que je ne pourrais plus jamais me priver de ce son enchanteur. Lin était ma fée, ma petite fée clochette. Je décidai de me mêler à leur jeu.

— C'est moi le chat !

Les deux petites se mirent à crier et à s'enfuir dans des directions opposées. Je rigolais en les poursuivant.

— Je vais vous attraper !

— J'en tiens une !

Stefen Holz avait saisi au passage Savannah sous son bras et s'apprêtait à me la livrer.

— Bien joué, camarade ! Viens la faire griller au barbecue pour qu'on la mange au dîner…

— Bonne idée !

— Aaaaah ! cria Savannah en se débattant et en riant. Je ne veux pas être mangée !

— Tu es notre repas, petite ! Bertrand s'est mis en grève ! Il ne cuisine pas ce soir !

— C'n'est pas vrai ! C'n'est pas vrai ! Je l'ai vu en cuisine ! cria Lin en essayant de sauver son amie.

— Tu mens ! objecta Stefen avec une voix d'ogre.

— Non ! C'est vrai ! hurlèrent les filles. Venez voir, il y a plein de choses à manger là-bas.

— Où ça ? dis-je en mettant ma main en visière pour scruter l'horizon. Je ne vois rien à manger, et toi ?

Je donnai un coup de coude à mon acolyte qui approuva en resserrant sa prise sur Savannah.

— Si vous ne nous donnez pas à manger, nous serons obligés de vous cuisiner les filles…

Lin nous poussa vers le buffet où elle nous présenta des petits canapés de foie gras de la ferme Muller.

— Et il nous faut aussi à boire, protestai-je en engouffrant un canapé dans ma bouche.

Lin nous colla d'office une flûte emplie de Crémant des caves Lang.

— Et voilà ! Lâchez-la maintenant !

Nous échangeâmes un coup d'œil complice avec Stefen en hochant la tête.

— *Hopla* !

Stefen s'exécuta et les deux demoiselles détalèrent comme si nous étions le diable à leurs trousses. Nous rigolâmes de les voir s'enfuir en criant et riant.

— Je ne crois pas avoir eu le plaisir de faire ta connaissance ? Moi, c'est Stefen…

— Holz. Je sais, le coupai-je avec un clin d'œil.

— Wouah ! Tu as une longueur d'avance à ce que je vois…

— Tout se sait à Niederschwiller… Je suis Chinh Chang, la fille des patrons du *Dragon royal* sur la rue Principale.

— Le resto asiate ?

Nous tournâmes la tête vers l'importun qui s'immisçait entre nous.

— Précisément.

— Mais c'est à tomber ! J'y étais hier avec Anika. Mama Mia quel délice !

— Merci, répondis-je à un grand homme noir maquillé et vêtu d'un smoking violet à paillettes.

— Je confirme, répondit Stefen. J'y suis allé également pendant le team building de mon entreprise. C'est excellent. C'est toi qui cuisines ?

— Oh non ! me défendis-je. Moi je fais le service pour aider mes parents, et je suis un vrai boulet.

— Oh, ne m'en parle pas ! Moi, j'ai deux mains gauches !

Je ris en voyant l'ami d'Anika Muller battre des cils avec grandiloquence. Il était suffisamment excentrique pour avoir fait sensation à Niederschwiller. On ne parlait que de lui et de ses tenues fantasques.

— Oh pardon ! Je ne me suis pas présenté ! Eugène, *Make up artist*.

Il me tendit la main pour que je lui fasse un baise-main. D'abord choquée, je m'exécutai aussitôt. Le personnage me séduisait au plus haut point. Il se tourna d'un bloc vers Stefen avec une moue réprobatrice.

— Tu n'as pas essayé mon gloss, petit garnement ?

— J'aurais omis cela ?

— Pff ! Viens-là !

Eugène saisit le tube de gloss dont il lui avait fait cadeau et en appliqua une généreuse couche sur les lèvres de Stefen. Je me mis à éclater de rire en voyant cet homme au visage plutôt viril peinturluré de rose bonbon !

— C'est qu'elle se moquerait, la garce ?!

Stefen et Eugène me grondèrent avec des yeux furibonds et des lèvres en forme de cul de poule qui me firent mourir de rire.

— Je crois que j'ai trouvé mes compagnons de la soirée, décrétai-je en faisant tinter mon verre contre le leur. *G'sundheit*[34] !

— Santé, *Partner* !

— Santé ! Et que la fête commence ! claironna Eugène en haussant significativement les sourcils.

Avais-je omis de signaler que dans mes périodes *up*, j'avais une forte inclinaison pour faire la fiesta et plus si affinités ? Je reconnus immédiatement la lueur de luxure qui brilla dans nos trois paires d'yeux. Oui, nous nous étions trouvés. Nous savions qu'à nous trois nous allions mettre le feu à cette soirée.

Pour célébrer notre pacte tacite, nous bûmes notre verre cul sec et nous nous resservîmes aussitôt. Nous annexâmes d'office quelques bouteilles de Crémant en prenant la direction des jardins.

Nous nous assîmes sur les jeux pour enfants en allumant nos cigarettes pour seul éclairage.

— C'est quoi ton histoire Stefen ? Qu'est-ce que tu fais ici ? À Niederschwiller ? La capitale européenne du foie gras Muller et du Crémant Lang ! dis-je en brandissant mon verre.

Il rit en aspirant la fumée de sa cigarette, un air pensif.

— Je m'échappe !

— Sérieusement ?

— Oui, je m'échappe de mes obligations d'héritier d'une grosse fortune industrielle allemande…

— Pauvre bichon…

— Hey ! Bienvenue au club ! Moi aussi, je me suis échappée…

— Ah oui ?

---

[34] *Santé !*

— De l'asile !

Eugène cracha le contenu de son verre en s'étouffant.

— Quoi ? Qu'est-ce que tu dis ?

— C'est vrai. Je ne dis pas de conneries. Je suis en permission du sanatorium de Saales.

— Vraiment ? Mais qu'est-ce que tu fous là-bas ?

— Je suis hyperactive.

Mes compagnons me dévisageaient avec curiosité.

— Et un peu dépressive aussi.

Les yeux faisaient des ronds, c'était trop drôle à voir.

— Mais l'important, c'est que je me soigne !

Ils approuvèrent dans un bel ensemble.

— Oui, c'est ça le principal, ma belle !

— Mais comme je suis en perm, chuchotai-je d'un air de conspiratrice, je ne vous cache pas que je compte en profiter un max !

Stefen leva son verre.

— Fuck aux prisons des temps modernes !

— Fuck aux prisons des temps modernes !

Nous fîmes une autre tournée de Crémant et Eugène prit un air de gourmandise enfantine.

— Ça vous dirait de pimenter la soirée, les chéris ? demanda-t-il en sortant une petite flasque de rhum arrangé.

J'échangeai un clin d'œil avec Stefen. Évidemment !

Nous gloussâmes bêtement en prenant une rasade.

Je faisais des ronds de fumée avec ma bouche et mes camarades pouffaient en passant leurs bras à l'intérieur de mes créations éphémères.

Je sentis que mon corps devenait léger, léger comme une plume qui vole dans les airs. Je souriais niaisement, mais mes camarades aussi.

— Vous savez quoi, les gars ?

— Hum ?

— Moi aussi, je veux un amoureux !

Ils me fixèrent avec interrogation.

— Anton a trouvé l'amour, hein ? Avec Tamara.

— On est au courant, maugréa Stefen.

— Et moi, je n'ai pas d'amoureux, chouinai-je, en tapant du pied. C'n'est pas juste !

— Tu veux un amoureux ?

— Ouiiiiii.

— Ben ! La salle en est pleine, chérie ! Va les cueillir ! me conseilla Eugène.

Je tournai la tête vers la salle éclairée. De l'extérieur, les lumières et les décorations rendaient cette pièce féerique. J'admirai les reflets de la fête avec une joie enfantine.

— Tu crois que je vais trouver un amoureux sous le grand sapin ?

— Demande au Père Noël.

Stefen m'indiqua l'étoile du Nord pour que je fasse mon vœu. Je serrai mes deux mains et je fermai les yeux.

— Père Noël ! Ô Père Noël, toi qui exauces tous les vœux ! Peux-tu m'amener un amoureux sous le sapin ?

— Sous le gui.

— Pourquoi sous le gui ?

— Pour l'embrasser, bécasse ! me gronda Eugène.

Je gloussai.

— Sous le gui, Père Noël. Comme ça je peux l'embrasser.

— Amen, conclut Stefen.

— Amen.

— C'est fait, tu crois ? Mon vœu est exaucé ?

— Il y a des chances, beauté ! File ! Va chercher ton Prince charmant.

— Ouiii, m'écriai-je en sautant sur mes deux pieds.

— Mais c'est qu'elle y va vraiment, murmura Stefen ébahi.

— Elle a fait son vœu. Moi, j'y crois, dit Eugène.

— Ah ! Je veux voir ça de mes yeux ! Parce que s'il suffit de faire un vœu de Noël pour trouver l'amour, je vais le faire aussi, alors ?!

J'étais sur le seuil du jardin d'hiver en train de chercher dans la foule mon amoureux mystère quand mes deux acolytes me rejoignirent.

— Alors ? Il est où ? Tu le vois ?

— Où est le gui ?

— Là ! Regarde sous l'arche du jardin intérieur…

— Ah oui !

Je fixai ma cible et d'un pas martial, je me dirigeai vers mon objectif. Un homme était de dos, il buvait un verre avec deux autres personnes. Les épaules étaient larges et carrées, comme celles d'un rugbyman. Ça me plaisait. Le cou était fort et la nuque dégagée. Autre bon point. Ses hanches étaient étroites et moulées dans un pantalon qui mettait les fesses en valeur. Bingo ! J'avais trouvé mon amoureux !

Je me postai derrière lui et toquai de mon doigt contre son omoplate. Il se retourna en fronçant les sourcils.

— Coucou, chéri, dis-je en fixant ses lèvres.

Je me hissai sur la pointe des pieds en prenant appui de mes deux mains contre sa poitrine et posai mes lèvres contre les siennes. Je sentis mon prétendant se raidir sous l'effet de la surprise.

— Mais qu'est-ce…

Il n'eut pas l'opportunité d'en dire plus. Je bloquai sa taille d'une main et sa nuque de l'autre tout en m'infiltrant entre ses lèvres entrouvertes.

Réservez maintenant le tome 4 de la série Romance de Noël

Remerciements

Après avoir raconté l'histoire des frères Muller, il m'a semblé évident de raconter celle de Tamara. Ça n'aura échappé à personne qu'elle a eu le mauvais rôle dans les deux premiers tomes.

Mais malgré ça… eh bien… je me suis attachée à elle. C'est une garce, c'est vrai. Mais elle en a aussi sérieusement bavé.

Alors, je me suis dit : qu'est-ce que ça ferait si elle trouvait vraiment l'amour ? Comment réagirait-elle ? Quelle amoureuse serait-elle ?

Je suis donc ravie de vous avoir raconté la romance de Noël consacrée à Tamara et toujours dans le petit village d'irréductibles Alsaciens : Niederschwiller.

Merci encore de me suivre, livre après livre, merci du fond du cœur de votre fidélité.

Un merci tout spécial à Mathieu, Charlotte, Myriam, Céline, Angel et Coralie pour la bêta-lecture, à Stéphanie pour son impeccable correction. Merci à Geneviève et Chantal pour le petit dictionnaire d'expressions alsaciennes. Mille mercis à tous. Infiniment.

Avec toute mon amitié,

Laetitia Laroche

PS : Ce livre vous a amusé, ému, fait vibrer ? Alors, laissez un commentaire, une évaluation pour aider d'autres lecteurs à trouver ce roman en cliquant sur :

https://laetitialaroche.mademoiselleatroisailes-editions.fr/commentaires-noel/

Merci d'avance !!!

PPS : N'hésitez pas à me suivre sur mes pages auteur Facebook et Instagram

Présentation de l'auteure

Ses romans sont une invitation à voyager. À voyager autour du monde. À voyager à l'intérieur de soi.

Aller à la rencontre de soi-même, se réinventer, se réaliser, se guérir émotionnellement, ce sont autant de thèmes qu'elle aime aborder dans ses romances.

Car quoi de mieux que de se confronter à l'autre pour se comprendre intimement.

Des histoires pleines d'émotion, de rire, d'évasion, voilà à quoi s'attendre dans ses romans.

Comme bien d'autres lecteurs qui ont découvert ses comédies romantiques, ses sagas familiales et ses romances de Noël, laissez-vous transporter par ses personnages attachants, "attachiants", drôles, émouvants, bourrés de défauts, authentiques pour de vrai.

Pour garder le contact :

www.laetitialaroche.mademoiselleatroisailes-editions.fr
laetitia.laroche@mademoiselleatroisailes-editions.fr
https://www.facebook.com/laetitialaroche.romanciere
https://www.instagram.com/laetitialaroche_romanciere/

Envie d'en lire plus de cette auteure ?

Romance de Noël
Je n'y arrive plus !
Je n'en peux plus !
J'en veux plus !

Comédie romantique
Intouchable meilleur ennemi
Irrésistible psychorigide,
Irrécupérable geek,
Impossible Biker,
Toi sûrement pas,

Box de 3 comédies romantiques
Imparfaits, mais vrais !,

Saga
Élément,

Littérature jeunesse
Agatoo, mon papa, ma maman, L.L.L. David, Myss CC
Arbogast & Qurn, tome 1 à 10, Elle David, Myss CC